他的國

韓寒

目次

誰是韓寒？

張鐵志

二〇一〇年的中國，是屬於二十八歲的韓寒。

他被美國《時代》雜誌選爲影響世界的一百人；七月，他主編的文藝雜誌《獨唱團》第一期於中國狂銷，幾天內就賣完第一批五十萬本。且與其他暢銷八〇作家郭敬明、張悅然主編的青春華美雜誌不同，這是一本人文色彩濃厚的文藝雜誌。

韓寒當然不是這一年才火起來。前一年，他就被許多雜誌選爲風雲人物，稱他爲「公民韓寒」。

甚至十年前，他於十八歲出版首部長篇小說《三重門》熱賣、並於高中輟學，就引發所謂的「韓寒現象」。而後，他成爲中國的文壇叛逆少年、明星作家以及八〇後作家的代表，他長相俊美並且是職業賽車選手。《三重門》至今累計銷售二百萬冊，後來持續出版的多部小說也都是排行榜第一名，包括二〇〇九年這本《他的國》。

韓寒多次發表引起巨大文壇爭論的言論。二〇〇六年，開始博客（部落格）寫作，評論社會各種現象。文章的點擊量常常過百萬。到二〇一〇年初，韓寒主博客的累計訪問量已經達到了三・四六億次，成爲了中國點擊量最大的博客。現在，他成爲中國最有影響力的公共意見領袖，一個敢於說眞話的「公民」典範。

韓寒爲什麼有這麼大影響力？

首先當然是他嘻笑怒罵與尖酸諷刺的語言，符合年輕人與網路世代的風格。然而，在這些戲謔語言背後的他並不是一個虛無主義者，而是有一套基本價值：他質疑官方和主流媒體的謊言，挑戰權威，並且同情悲憫底層人民。

例如他採用鮮明的反諷說：

「我眞的願望政府可以忘記GDP的榮耀，讓出一個點，在開會的時候少說一點排比句，多分一杯羹給大家，讓他們少一點生活壓力，庇護他們，罩著他們，讓他們有點尊嚴。你要是把這樣好的人民給餓死了病死了窮死了逼死了毒死了吃死了氣死了冤死了喝水喝死了睡覺睡死了，你去哪裡找比他們更老實的人民呢。」

因此，他被許多人認爲是「國王的新衣」中說眞話的小孩。在這個被荒誕與虛僞支配的當代中國，他說出了人們心中的話。這些語言或許無甚高論，大都是常識。但常識，尤其是關於公民與國家之間關係的常識，正是穿破這些謊言的利劍。尤其當其他成名作家在享受體制給予的各種好處，而喪失了作家的批判角色時，韓寒年輕的筆顯得如此稀有，而《獨唱團》更是他進一步集結力量，進入公共領域，也因此讓官方很緊張。

中國在改革開放後的八〇和九〇年代，是思想啓蒙的年代，學院知識分子扮演了重要角色。現在，學院派的啓蒙角色似乎逐漸退位。因爲中國公民的權利意識越來越強，只是國家依然壓迫，政治依然荒謬，所以關鍵是起而對抗爭取權利，或者至少戳破官方謊言。哈維爾說，在後極權體制下，無權力者的權力就是「活在眞實中」（Living in Truth）。韓寒固然不是一個積極的反抗者，或者具有堅強道德勇氣的異議者如劉曉波，但他確實是去實踐了作爲無權力者的武器：在既有體制內說出眞話，並讓更多年輕人知道「活在眞實中」是可能的。

韓寒聰明可愛卻不犬儒幼稚，掌握商業力量卻不成爲其奴隸，深知明星之道卻不會被名利沖昏頭，批判政治卻懂得掌握邊界。這才是他掀起熱潮的原因。

對於《時代》雜誌選他為影響世界的百人，他放下了戲謔，而增添了深沉的無力感與悲劇感。他說，自己並沒有影響力，因為「在中國，影響力往往就是權力，那些翻雲覆雨手，那些讓你死、讓你活、讓你不死不活的人，他們才是真正有影響力的人。」

「我們只是站在這個舞台上被燈光照著的小人物。但是這個劇場歸他們所有，他們可以隨時讓這個舞台落下帷幕，熄滅燈光，切斷電閘，關門放狗，最後狗過天晴，一切都無跡可尋。我只是希望這些人，真正的善待自己的影響力，而我們每一個舞台上的人，甚至能有當年建造這個劇場的人，爭取把四面的高牆和燈泡都慢慢拆除，當陽光灑進來的時候，那種光明，將再也沒有人能摁滅。」

韓寒或許太客氣了。相對於這個時代的腐朽空洞，他青春無敵的誠實犀利，已經是灑進這座黑暗劇場的一道亮眼光線了。

他的國

韓寒

左小龍騎著他的摩托車繞著亭林鎮開了三圈，因爲這個下午沒有任何事情可以做。昨天他聽說燃油將要漲價，便在加油站加滿了汽油，今天一看，漲價的是柴油，心情就有些鬱悶。他首先覺得自己是做大事的人，不應該去貪圖這些小便宜，這不是他的性格，但是最鬱悶的是，既然決定義無反顧地去貪了，結果卻是一如既往地沒有貪著。

這個下午陽光高照。一切春天的感覺之所以美好是因爲人總是在冬天想得比較多。這部摩托車是左小龍新買來的，花費了自己幾乎所有的積蓄。這意味著不能摔車，因爲沒錢維修。但是左小龍從騎摩托車開始到現在從來沒有摔過，他天生有強大的平衡能力，除了利弊輕重和人際往來他經常平衡不好外，摩托車和自行車他從來都能完美平衡。但是自行車對他來說太慢了，在他很小的時候，已經開始開摩托，他風雨無阻有事沒事都要騎，千里江陵一日還。這部摩托車只開了一年，是因爲到里程數報廢了，折算下來等於繞了地球好幾圈。

他是那麼喜歡摩托車，因爲他覺得那是男人力量的延伸。我相信如果槍枝開放，他一定擁有一支。因爲那同樣是力量的延伸。可惜的是，不僅槍枝不開放，連摩托車都禁了。

這春天的氣息濃郁得讓摩托車引擎的空燃比都發生了變化。左小龍想找個地方去調整一下他的摩托車，因爲沒有以前快了。亭林鎭是個很小的地方，很迷你——反正就是迷你，不能迷我，所以當地的有爲青年都去了大城市裡，剩下的皆是阿貓阿狗們，不大氣，不成大氣候。

但左小龍覺得，他不能接受大城市。大城市雖然大，但容不下一部摩托車，小地方雖然小，但可以讓你隨意停。他發現路邊新開了一個修車鋪，開進去後緩慢放下支腳，環看四周。左手邊有一個扳手，長三分米。正對著是一扇窗，窗外是他們的中央院子，院子外面放著柴油桶，可以爬上去然後翻出這個房子，右手邊是清洗化油器的汽油，一米外有一包菸和打火機，打火機是有用的，因爲桌子上還有個菸屁股。地上插著插座正在燒水，水會在兩分鐘後開。

左小龍暗自想，這環境眞是太容易防身了。如果從屋子裡出來的是他的仇人，在仇人抄傢伙前，他可以有扳手防身；如果敵人的傢伙比自己的傢伙長，那水爐砸過去敵人肯定夠嗆；屋裡的人被制服以後，如果外面湧來敵人的幫手，他則可以用打火機點燃化油器邊的汽油，用扳手砸開窗，跳出去時再一蹬柴油桶，柴油桶倒地，自己則可以翻出圍牆順利脫身。

眞是很安全，在這裡沒人可以暗算我。左小龍暗想。

突然間背後一隻手拍在左小龍的肩膀上，左小龍嚇了一大跳，摩托車都差點沒扶住。背後的人說道：修摩托車啊。

左小龍差點被自己分泌的腎上腺素嗆到。他鎮定了一下道：嗯，調整一下。這個摩托車有點慢了，我覺得是空燃比有問題。

修理工把摩托車推進了屋子，發動以後聞了聞味道，說：沒問題啊。我騎一下。

左小龍略有猶豫，畢竟摩托車就像他的女人，被別人騎一騎心裡肯定不痛快。但轉念他又想，這就好比自己的女人患了婦科疾病，正好碰到個男醫生，那也沒有辦法。

修理工上車以後笨拙地在屋子裡掉了個頭，左小龍生怕他在自己的修理鋪裡就撞了。但畢竟已經答應了，礙於面子也不能反悔。

修理工出了鋪子以後就是一大下的油門，前輪離地了一米高。左小龍看得沒有想法，只以爲對方在騎馬。修理工就這麼抬著前輪開了五十米，緩緩將前輪放下，開到了左小龍的面前，說：我知道原因了，是後輪胎壓太低了，所以你覺得車有點慢。我幫你把輪胎壓力調整一點就好了，但也不能打得太多，到了夏天胎壓會升高得很快，容易爆胎。

左小龍還沒回過神來，點了點頭。

經過了調整以後，左小龍的確感覺車子比原來好開很多。於是他開車前往雕塑園找大帥。這一路可以開小差，開錯路也沒有關係，因爲他對這個地方太熟悉了。穿過了死氣沉沉的人群，他來到了雕塑園。

雕塑園被廢棄了很久。原來這裡想做一個亞洲最大的雕塑園，雖然當地老百姓都很難理解，周邊城市的人是否會驅車一百里來一個莫名其妙的地方看一些雕塑。而前期所呈現的雕塑風格也和周圍化工區裡的破工廠廠雕沒什麼區別。在這個雕塑園建設到從抽象風格向寫實主義過渡的階段，資金出了問題，政府又接管了它。這個巨大的公園裡就只有廢棄的簡易民工宿舍和一些傻B呵呵的雕塑。左小龍的職責就是看守這個雕塑園。左小龍是苟延殘喘的開發商指定的看守者，而他的朋友大帥是當地開發辦請來看這個雕塑園的。雖然一個是開發商，一個是開發辦，且都是看守雕塑園，但區別就是，在這個地方無人問津的時候，開發商請來的左小龍等於是園長，開發辦請來的大帥等於園書記。雕塑園大到快一望無際，長滿了各種各樣的植物，很多海鷗一般奇怪的大鳥經常從園子最中央草木最盛處撲騰而起，飛往二十公里外的海邊。有些都快長成老鷹般大小。當然，就這個問題大帥和左小龍有過爭執，因爲大家都沒見過老鷹，大帥想像中的老鷹是合理大小，但左小龍想像中的老鷹快趕上滑翔傘那麼大了，後來爭論的結果是左小龍妥協了，說老貓頭鷹也算老鷹吧，我見過貓頭鷹，就算差不多大吧。這樣大家也都能接受。

雕塑園裡還有各種各樣的動物，野兔、野狗、野雞、野鴨都在這裡被他們兩人發現過。當然，不排除是家兔、家狗、家雞、家鴨不小心到了這裡以後，不注意打理自己的外表而被誤會了。那些天馬行空一樣亂竄的到底是天生的野物還是不拘小節的家禽，這個也都沒有定論，因爲兩人從來沒有活捉過一個。但是有一天，左小龍看見了一頭野豬。大帥就沒有那麼幸運，他基本上看見的都是野貓。不管怎麼樣，這個地方確實很野。

通往雕塑園有兩條路，左小龍往往選擇比較難走的一條。此時他就自覺是一個越野摩托車手，一切驚起的野物都被認爲是其他車手，最後他贏了。所以每次他的朋友見到他都是不知原因的春風滿面，那是因爲左小龍把禽獸都打敗了。

他找到大帥，對他說：大帥啊，我有一個想法，但我現在來不及和你說了，我有個事，我得去找一下泥巴。

說完就擰油門離開了。

泥巴是一個純情的姑娘。其實沒有人知道什麼是純情，純情就是一種腔調。泥巴就是擁有這樣的腔調。這世界上沒有純情的姑娘，只有疑似純情。

泥巴很漂亮，不少人追求，都未遂。未遂的原因是泥巴都覺得他們不遂，要麼上身不遂，要麼下身不遂。泥巴看人注重精神，在她眼裡，沒有獨特精神魅力的男人們都是不健全的。

她這個性格的養成原因很難解釋，一般難以理解的性格都是由難以理解的簡單原因造成，連環殺人犯可能只是因爲小時候被人很痛地踩了一腳。泥巴是因爲小時候看過一部電影，所以改變了她的愛情觀。但可悲的是，她不記得自己究竟看過一部什麼電影了。這就意味著，她沒有機會再看一遍，修正自己成長中的理解錯誤。

泥巴喜歡畫畫和幻想，這兩者相輔相成，消耗大量時間。她可以邊畫邊想，也可以邊想邊畫，可以根據自己的畫再幻想，也可以根據自己的幻想畫畫，這麼著，一天就過去了。泥巴學了很長時間的美術，以前在小學的時候和其他隊員一起畫畫，一天他們去畫一匹馬，但純情的姑娘在這個時候就顯露出自己的與眾不同來，所有男男女女交的作業中，唯獨泥巴畫的馬是不帶雞巴的。泥巴說，多難爲情啊。

於是，她的純情開始被傳誦。

可能，可能，很多，很多年後大家會意識到他們錯了。其他人只是在寫生，有一畫一，有老二畫老二，他們中的很多人甚至都不知道那是雞巴，但至少泥巴已經知道了。而這居然構成了她純情的最初證據。

泥巴走路慢條斯理，泥巴說話細聲細氣，泥巴的一切都告訴大家，她是一個好姑娘。她自己把自己弄成了畫。

但泥巴就是喜歡左小龍。

泥巴早在學校的時候就愛上了到處溜達的左小龍，她都能分辨自己喜歡的男人的摩托車聲和一般阿貓阿狗的摩托車聲有什麼區別，哪怕他們開的是同一款車。在泥巴看來，連引擎聲都是性感的。泥巴在學校的時候最喜歡到五樓的陽台上觀望前方，前面就是一個溜冰場，左小龍在那個時候喜歡溜冰——可能他覺得，溜冰至少比跑步快，所以，溜冰也是男人力量的延伸。但是泥巴還是喜歡他的白色摩托車。當時所有人的摩托車不是紅的就是黑的，唯獨左小龍的摩托車是白的。

左小龍成天叼著一支菸，戴著帽子，騎著摩托車無所事事。這是一種眞正的無所事事，無所事事到讓外人看著就彷彿是在謀劃著幹大事。

泥巴在一年前向左小龍表達過她的情意。泥巴給左小龍畫了一張畫，畫裡的左小龍唯一的改變就是那香菸變成了雪茄。泥巴把畫遞給了左小龍。左小龍正在給自己的白色摩托車充氣，他接過一看後說：嗯，不錯，就是香菸粗了點。多少錢？

泥巴說：不要錢。

左小龍把菸掐了說：嗯，我最近窮，要錢沒有，要命根子有一條。

泥巴深深低下了頭。但內心想，這就是我喜歡的男人。

就是因爲泥巴喜歡這個男人，所以他再說什麼自然也不能構成不喜歡的因素，而萬一說對路了，那就更加喜歡。此時如果左小龍說出一句，我想幹你爸爸，也絲毫不能影響泥巴對他的喜歡。這就是品牌忠誠度。

左小龍問：你學畫畫的？

泥巴點點頭。

左小龍問：你爲什麼畫我？是因爲我好畫嗎？我長得簡單？

泥巴搖搖頭。

左小龍把女孩子精心裱過的畫三下折成香菸盒大小，放到兜裡，說：謝了。

接著他發動了摩托車，對泥巴說：你叫什麼名字？

泥巴說道：我姓倪……

左小龍從車把上取下頭盔，說：姓倪？這姓眞怪，我從來沒見過有人姓這個，假的吧，瓊瑤小說看多了取的假名字吧，這世上有姓倪的嗎……哦，倪萍。行，你就姓倪吧，哈哈，泥巴。

從此以後，她就只許她的朋友叫她泥巴。

泥巴和左小龍的第二次碰面還是在一樣的地方。那就是事隔一年的現在。左小龍的摩托車停穩當以後，泥巴給了他一本書，書名叫《切．格瓦拉》，下面是大大的CHE。

左小龍拿起書左右端詳，念道：切……

左小龍問泥巴：有人姓切？這姓眞怪……

左小龍繼續他的拼讀，車……

泥巴說：我覺得他像你。

左小龍用左邊反光鏡照了照自己的臉，用手掰了掰右邊的反光鏡，照著書上切．格瓦拉的像，皺了皺眉頭，沒發表意見，然後指著書上切．格瓦拉帽子上的紅星說：他是中國人？哦，不對，是個外國人，他是蘇聯人？也不是，那就是切．格瓦拉斯基。他是誰？

泥巴說：你看了就知道了。

左小龍說：我不看書，我沒時間看書。他是朋友還是敵人？

泥巴說：他算是中國人的朋友。是國際共產主義戰士。

左小龍想了半晌，說：哦，那就是白求恩的朋友。

泥巴一時接不上話。左小龍把頭盔扔給泥巴，說道：戴上吧，我帶你去兜風。

泥巴接過頭盔，戴在腦袋上，死活也繫不上下巴的扣子。

左小龍說：你們這些文化人，看這麼多書，連保命的東西怎麼用都不知道。我來。

轉身幫泥巴扣好了帶子，左小龍開著摩托車載著她走。當時是春天，春天的中旬，是一個獨立的氣候。陽光灑滿，雲朵從雲朵裡穿透過來，空中的風就像是裙子撩動的氣流，左小龍默默地載著泥巴到了一個垃圾站前。他把泥巴放下車，摘掉自己的頭盔，再取下泥巴的頭盔，問：你是不是言情小說看多了？

泥巴回答道：我從來沒看過。

接著暫時無話。

泥巴抬起頭剛要開口，左小龍直接就托住她的後腦勺給她一個長吻。吻畢，左小龍指著四周的生活垃圾，說：我最討厭女人追求浪漫，我特地把你帶到這個地方來，又臭又髒，我告訴你，不是你想像的那樣，現實好殘酷的，怎麼樣，在這個地方初吻，浪漫不浪漫？浪漫不浪漫啊？泥巴心裡想，真他媽浪漫啊。現實好酷。

左小龍繼續開著摩托車漫無目的地巡航，泥巴靠著他的後背無所畏懼，兩人沒再說一句話。雲層越來越厚重，陽光柔和到給萬物勾金邊。摩托車的油箱一共有八升大，這車十公里耗油三升，左小龍見到泥巴前汽油警示燈亮了，說明只剩下一升油了。開著開著，摩托車開始斷油了，這意味著他們開出了二十多公里。此時，天恰到好處地黑了。

兩人默默無語地吃了一頓飯。泥巴一直看著左小龍，左小龍一直看著飯菜。吃完飯後，左小龍將摩托車推到加油站加滿了汽油，把大燈開啓，問道：你冷不冷？

泥巴回答道：冷。

左小龍說：好，去暖暖。

左小龍把摩托車停在一間酒店門口，琢磨著看大局這裡不會超過一百元一晚上。雖然剩下的錢不多，但好歹比搞一個小姐便宜。到了前台，左小龍問：多少錢？單人間。

裝修得老氣沉沉的前台和裝扮得老氣沉沉的前台小姐讓環境很肅穆。酒店的牆壁上掛滿了鐘，意淫著酒店經常招待世界各地的客人。在這些鐘裡，除了北京時間是準確的以外，其它時間都是隨性的。在鐘錶的中央有一幅畫，畫的內容是青松和流水，老鷹和老虎。

前台用計算機算出了一個價格，說：兩百二十。押金三百。

左小龍一看錢包，只有兩百二十塊錢。他頓時懷疑酒店的旋轉門是不是安檢的X光機，客人的私密訊息已經直接發到前台了。在形勢有點急迫的時候，泥巴說道：我這裡……

左小龍擺了擺手，示意不用說了。他掏出全部的兩百二十元，把頭盔往前台上一放，說：這個頭盔押給你，很值錢。

左小龍和泥巴進了房間，左小龍拉開窗簾，兩人先看窗外，結果正好有人路過，一抬頭，看見兩個腦袋，罵道：看什麼呢，看個屁啊。緊接著酒店的保安就出來勸阻，兩人沒交流好，直接打了起來，保安掏出了電擊棍，直接向那人杵去。結果那人也沒什麼反應。兩人楞在那裡半天，誰都沒見到電擊棍的使用效果，一個在等自己有反應，一個在等對方有反應，樓上兩個腦袋在看兩人有什麼反應，結果十秒鐘過去了，大家都沒反應過來到底有沒有反應。代表邪惡的一方總是先開竅的，那人喊道：沒充電啊你。然後直接掄起一掌打在保安臉上。很快聚集了很多人，警車隨即趕到。

看到這裡，泥巴先洗澡了，左小龍在窗邊看局勢，然後左小龍再去洗澡，出來的時候看見泥巴躺在床上，警燈閃爍的光芒隔著窗簾映在天花板和牆壁上。很快，救護車的頂燈也來幫助柔和警車燈光的銳利，房間裡一片光輝。左小龍去拉緊了窗簾，發現遠處已經起霧了，樓下的人漸漸被降下的水氣包圍。

泥巴睡在被子裡假惺惺看著電視。

左小龍回頭後，泥巴說道：我來例假了。

警察在下面喊道：好了好了，趕緊散了，趕緊散了。

泥巴接著說：但是沒有關係。

當天晚上，左小龍送泥巴回家，大霧已經瀰漫到比黑夜顯得前路更無希望。有光亮可以劃破黑夜，卻始終沒有任何事物可以劃破濃霧，但左小龍的摩托車似乎可以。他們以每小時一百公里的速度開在能見度五米的霧裡。泥巴緊緊抱著左小龍，安然靠著。在霧裡開快車是左小龍的一個癖好，一看到外面起霧，他就趕緊把摩托車推出去，霧越濃他越開心，每次開回家都會得到劫後餘生的莫大滿足，有兩次因爲霧太大都沒找著家。左小龍從來沒有出國的想法，但如果要出，他一定選擇倫敦，因爲那裡是霧都。左小龍在霧裡爽了一刻鐘，停下車來，他可能覺得太爽了，需要緩一緩。這場大霧可能是最後一場了，這是多麼怪的氣候，都快夏天了，還有大霧。

左小龍說：你知道我爲什麼不喜歡賭博麼？

泥巴問：爲什麼呀？

左小龍道：你不覺得這就是最刺激的賭博麼？

泥巴呵呵笑。

左小龍道：你知道我爲什麼不喜歡吸毒？

泥巴問：爲什麼啊？

左小龍道：你不覺得這比吸毒還爽麼？

泥巴問：什麼呀？

左小龍道：就是在大霧裡開摩托車啊，很刺激的，神經就像要爆掉了一樣，等停下來的時候，你不覺得渾身都很舒服麼？

泥巴喃喃道：對不起哦，我剛才睡著了。

到了鎮上，大霧彷彿被滿街貪婪的人類吃掉了不少，能見度已經在一百米開外，左小龍把泥巴送到了家，對她說：上樓吧，你爸爸媽媽肯定不高興看見你晚回家。

泥巴說：我和我爸爸媽媽說了，今天在同學家，不回家了。

左小龍著急道：你早不說，我把房間都退了。

泥巴說：不要緊的，我有錢的。

左小龍生氣道：我怎麼能用你的錢，你收著，我想辦法。

左小龍其實很矛盾要不要帶著泥巴度過這夜晚，因爲他覺得自己並不那麼喜歡泥巴，這一切就是因爲泥巴太喜歡他了，而左小龍隱約覺得，世界上哪有這麼便宜的事情呢，哪能讓人這麼如願呢。

但聊勝於無，好歹泥巴也有三十七度的溫度，用來取暖或者焐腳是綽綽有餘的。左小龍考慮再三，說：成，那你跟著我吧。

泥巴問：是……跟著你麼？

左小龍道：對，你就跟了我吧。

泥巴道：嗯。

左小龍說：好，那你就是我的女人了。

左小龍帶著泥巴在鎮上溜達，因爲鎮區小，所以溜達的速度也得慢點，否則很容易轉暈。在路過一家雜貨店的時候，左小龍停住了。泥巴問道：怎麼了？

左小龍屏住呼吸，道：你聽。

店裡播放的是激情迪斯可，裡面唱道：

姊妹出來混啊／只爲釣凱子啊／凱子就是笨啊／喜歡吃悶棍啊／凱子若買單啊／給你攙一攙啊／凱子若上路啊／給你露一露啊／凱子若給錢啊／讓你摸胸部啊／凱子出手闊啊／才能脱內褲啊／給看不給摸啊／憋死他再説啊／要想再深入啊／就説你行色啊／就説你行色啊／就説你行色／凱子很飢渴啊／問他要部車啊／他要給不起啊／不讓他再摸啊／他要很上火啊／送到派出所啊／送到派出所啊／送到派出所

左小龍在旁邊聽得毛孔放大瞳孔縮小，一步上前去，對店裡的老闆說：老闆，你得把它關了。

老闆放下了手中的《某高官包養十個女學生》的雜誌，道：你是誰啊？

左小龍道：你這店裡放的東西讓我很不爽，你宣揚的思想是不對的，我不認可，你這個是危害社會的。

老闆楞了半天，道：你是城管麼？

左小龍說：不是，我叫左小龍，我只是一個公民。

老闆一屁股坐下，繼續邊看雜誌邊嘀咕道：嚇死了我，原來是個公民。

左小龍一把奪過唱機，把音樂關了，道：你的碟我沒收了。

老闆不慌不忙，翻了一頁，掏出手機，報了警。

警察和協警很快就到了。左小龍坐在摩托車上，泥巴不知所措地看著。警察到了左小龍跟前，問：是不是你搶他CD機？

左小龍道：你的證件呢？讓我看看。

雖然左小龍確定站在眼前的是眞警察，但是能讓警察掏掏證，他心裡還是很痛快的。

警察道：好，到所裡去看吧。說著掏出了手銬。

左小龍一把推開警察，道：你知道怎麼回事麼，你聽聽他這CD裡放的內容。

警察一下子楞了，政治神經立即繃緊了，想萬一這是放的反動口號，豈不是抓錯一個。警察立馬到了店主面前，道：放。

店主懶洋洋地按了播放，迪斯可和說唱又響起。警察一直耐心地聽到了「送到派出所」，琢磨了半天，轉身對左小龍道：沒問題啊。

左小龍提高聲音道：這宣揚的思想不對。

警察滿腦子只記得一句，那就是送到派出所。警察道：送到派出所有什麼不對麼？好了，這屬於民事糾紛，算了，各自幹各自的，旁邊的也都別看了。

左小龍不屈不撓道：不行，這有危害啊。

警察道：有沒有危害，我們沒有接到上級宣傳部門的通知。他在這裡放，只要聲音不擾民，就是合法的。

左小龍道：那他擾民了。

店老闆問周圍的看客：我這音樂擾民了沒有？大家覺得擾不擾？

周圍的人笑著道：不擾。

警察說：你看，其實你才擾民。你要是不想聽，你就放個你喜歡的，蓋過他的就得了。

說完，警察一擰油門，開著摩托車離開了。協警級別稍低，開的是電瓶車，吃力地在後面跟隨，還蹬兩腳踏板爲起步做輔助，兩人消失在霧色裡。

泥巴推了推左小龍，道：走吧，別管他們。

左小龍道：不行，我得管。

店老闆笑道：你怎麼管啊？

說完，他又按下了播放，鈞凱子之歌又傳蕩開來。周圍看客笑意盎然，有人勸道：小伙子，算啦。

左小龍怔了幾秒，突然發動摩托車，掛入空檔，然後擰大油門。瞬間，引擎和排氣管的聲音蓋過了音樂。店老闆一楞，不想左小龍還有這招，遂加大音量，但唱片機的音量在發動機面前還是顯得調不成調，非常渺小。整個街道只聽到左小龍摩托車引擎的高轉速聲音，彷彿霧氣都被驅開了一些，空氣也回暖了一些。

左小龍跨在摩托車上，目光迥然，神情堅定，包括泥巴在內的所有人都詫異地看著如同雕塑一般的左小龍，一時沒有了言語。

左小龍看著唱片機的方向，右手不斷地催逼油門，一刻不想放鬆。此刻他的胸膛挺得更高，嘴角也向上勾起。

一直過了一分多鐘，周圍人還沒能反應過來。左小龍又用力擰了一下油門，引擎的節氣門頓時全開，排氣管的咆哮鋪天蓋地，人群彷彿都被聲浪劈了開來。突然間，轟一聲巨響，然後是嘩喇嘩喇的雜音，然後煙霧從他的西風摩托車發動機處騰騰升起，摩托車儀錶板上的發動機轉速跌到了零，摩托車顫抖了幾下後，四周一片死寂，只有唱機裡在播放最後一句：送到派出所啊，送到派出所。

幾秒鐘後，好遠處有人哎喲一聲，倒在地上。人群開始騷動起來。大家紛紛開始問怎麼回事。

左小龍蹲下身，對著發動機處看了半天，沒能起身。地上已經都是機油。

泥巴問：怎麼啦？我們的摩托車怎麼啦？

左小龍低聲說：爆缸了。

泥巴問：那爲什麼有個人摔倒了呢？

左小龍頭也沒有抬，說：我不知道。

很快，救護車到了，哎喲一聲的那人捂著腦袋被抬上了救護車。警車又到了，一堆燈光又閃爍開來，左小龍恍惚間好像又回到了和泥巴在旅店的二樓看樓下的情景。警察查了半天，現場沒查明白那人是怎麼頭破血流的，左小龍也沒犯什麼法，只不過當眾爆缸而已，屬於產品使用不當。警察再次驅散了人群，人們歡呼著，睡覺去嘍。

左小龍蹲趴在地上，依靠著被調到最暗的橘黃色路燈的微光，摸索著把散落周圍的引擎部件一片一片拾了起來，滿手都是機油，然後讓泥巴跑到遠處的店裡要了一個塑料袋，他將這些殘缺的發動機瓦、活塞、曲軸、連桿等東西放進了塑料袋裡。但因爲金屬部件周圍都是稜角，塑料袋一下就穿了，這些東西又散落在了地上。泥巴說：算了。

左小龍低聲道：說不定拼起來還能用呢，泥巴，你幫我找個結實點的袋子。

泥巴又飛奔去了遠方，買回一個書包。左小龍把零件們都放到了書包裡，拉上拉鏈，把手在地上搓了搓，推著摩托車，泥巴也在旁邊跟著扶著，兩人艱難地花了幾個小時把摩托車推到了修車鋪。在修車鋪的門口，左小龍說：我走不動了，我們就在這裡靠一靠。

泥巴說：嗯，就靠這裡吧，也挺好的。

左小龍說：我們可以在這裡小小睡一下，一會兒，店鋪就開門了。

泥巴問道：那我們的摩托車明天能修好麼？

左小龍說：不知道，我不知道。

泥巴問道：你的車是壞了什麼呢？

左小龍提起這個似乎顯得不耐煩，道：發動機。

泥巴說：那就，那就把它換個新的吧。很貴麼。

左小龍說：不知道。

泥巴問：你是不是很煩啊？不要緊的，我有錢的，可以幫我們的摩托車換發動機。

左小龍說：不用。

泥巴說：不要緊的麼，你摩托車的發動機是我給你買的，我看見了它會更加高興的。

左小龍說：不用。

旁邊公路上正好開過一部卡車，卡車的燈光掃過左小龍的西風摩托，摩托車還在往下滴著機油。左小龍忍不住心頭一酸，他覺得他最要好的夥伴快死了，眼淚差點落下，他趕緊把頭盔戴了起來，將罩子罩下。泥巴問：幹麼呢，大半夜的戴著頭盔。

左小龍道：我打鼾，怕吵你，快睡。

泥巴起身要摘左小龍的頭盔，說道：不要緊的不要緊的，我是你的女人麼，你的手髒成這樣我都准你摟著我，我來幫你摘……

左小龍打斷道：睡覺。

天很快亮起來。修車鋪始終沒有開門，街上人群開始密集，人們一副精神模樣。左小龍疲憊不堪，眼看懷裡的泥巴還長睡不醒，只得再等。新到來的一天是一個陰天，因爲陽光絲毫沒有要灑下的模樣，風把春天吹得像秋天一樣，連嫩綠的葉子都落下幾片，老天就像打了很厚的粉底。左小龍本來很想噓噓，泥巴的腦袋又壓在他的膀胱位置，讓他更加難受，但他見泥巴睡得投入，實在不忍心叫醒，而且覺得把泥巴叫醒後第一句話就是「我要噓噓」顯得自己毫無英雄氣概，思前想後，一籌莫展。

這時候，泥巴突然動了幾下，左小龍激動得好比孕婦感到胎動，他順勢把泥巴叫醒。泥巴醒來後迷迷糊糊，張開眼睛看著四周，一臉茫然，然後聚焦到左小龍身上，嘟著嘴對他說：我要噓噓。

左小龍鎮定道：我帶你去，幫你看著外面。

兩人到了旁邊的轉角，左小龍假裝站守轉角，趕緊抓緊時間方便，又趕緊收了起來，慌忙之中，還噓到了自己手上。左小龍眼看四周沒有什麼地方可以沖水，又在地上搓了搓，仔細一看，昨天滿手污黑的機油還被沖乾淨了一些。

這時候，泥巴也解決好了，披頭散髮過來，問道：你不要噓噓麼？

左小龍說：不要緊，不要了。

泥巴頓時又提升了崇拜之心。在影視節目裡，偶像和英雄一般都是不上廁所的。

左小龍和泥巴來到了西風摩托前，泥巴突然傷心地問：它是死掉了麼？

左小龍道：你們女人眞是的，這不過是個機器，發動機不過是機器的機器，現在機器的機器壞了，那就換了機器，就跟你的圓珠筆沒芯了一樣。

左小龍接著問道：你該上課去了？

泥巴點點頭。

左小龍問：你就這樣去？

泥巴依然點點頭。

左小龍說：唉，和你在一起就倒楣了，不過這不怪你。你先走吧。

泥巴問道：那你什麼時候再來看我？

左小龍說：等……摩托車修好的時候吧。

泥巴連忙接話道：會不會修不好啊？

左小龍說：不會，很快的。

泥巴安心道：那你一定要很快修哦，我這裡有錢的，你讓他們換個新的機器麼，這樣最快了。

左小龍沒有回答，對著泥巴揮了揮手。泥巴回頭看了兩眼，又看了看摩托車，依依不捨地離開了。

左小龍覺得渾身輕鬆很多，可以隨意舒展身體了。但是摩托車爆缸了，左小龍就覺得自己的力量不夠了，對泥巴也突然間失去了信心，而本來他是假裝足夠強大的，這部老摩托車也足夠給他帶來力量的，可眼前……唉，這感覺就好比印度的航空母艦沉到了海裡。

經過修理店的會診，摩托車的引擎已經不能修復，只能換一台新的。新的發動機只能整個從市場上去找，如果再沒有就從日本的舊配件市場上去買，少則一個星期，多則一個月。這台引擎需要五千元。

於是，左小龍找到了一份兼職的工作。其實看守雕塑園只需要大帥一個人就可以了，左小龍平時也是在外面瞎溜達，因爲雕塑園實在是沒有什麼值錢的東西，唯一值錢的就是這塊地，但又偷不走，平時最多也就是來幾個野合者，有開汽車的和路過的，左小龍也從來不打擾，看到就繞道走。所謂寧拆一座廟，不拆一門親，人家野合一下，只要避孕套和紙巾不亂扔，就不會對社會造成任何危害。你因爲得到了一點權力就要求對方拔出，是很不人道的。但是大帥在這方面和左小龍不一樣，大帥都會毫不留情地用手電鎖定野合者，然後問道：幹什麼呢。大帥問出這句話的時候覺得自己很爽。當然很爽，人家正在那有意無意地製造生命，你突然一個晴天霹靂，那就等於間接扼殺生命，殺人不用償命自然爽。在這點上，左小龍和大帥有很大的分歧，左小龍一直覺得，這是好事，但大帥一直覺得，這必須阻止，至少在我的地盤上不行。

大帥打比方說，這就好比有天你在家裡走，突然發現有人在你的客廳裡亂搞，你能不能接受？

左小龍的意思是，這又不是你家。

大帥說：那這是我的地。

左小龍說：你哪有地。哪有屬於你的家，哪有屬於你的地。所以，算了。

除此以外，兩人因為看守同一片土地而惺惺相惜，因為他們都覺得憑藉自己的能力，怎麼只能做一個廢棄土地的看守員呢。但這其實是好差事，在這個世界上，你能和一堆不會吃你的動物在一起，而且不用餵牠們，每個月還有錢拿，說明這是自然健康的職業。左小龍找到的兼職工作是在亭林鎮上一家很小的溫度計廠裡幹活，這個溫度計廠的任務是……生產溫度計。左小龍是最後一道程序，就是包裝和測試溫度計，等於質量總監。就是把生產出來的溫度計放在自己嘴裡，看看是不是三十七度。左小龍的體溫是正常的三十七度，這讓他覺得很難過，因為他覺得自己的體溫應該異於常人，以前上小學的時候測溫度，班級裡有一個同學常年是三十五度五，同學們都很詫異，左小龍很羨慕。左小龍在小學的時候曾經刻意要營造過自己有與眾不同的體溫，他嘗試用牙齒咬著溫度計，舌頭和口腔內壁不去碰到，結果還是三十七度，絲毫不差，說明他的口氣都是三十七度。

爲了增加工作的進度，左小龍做了一個研究，他得知腋下和肛門的溫度規律，所以他經常口含五支，每個腋下各夾五支，肛門裡再插上五支，他稱這是把自己用到了極限。每次把溫度計從身體的各個位置拔出以後，他都仔細查看溫度和做工，確定無誤後用紙巾一抹，包裝起來，往全國各地發貨。

這份工作做三個月就可以買到一個引擎。

在雕塑園裡，左小龍找到大帥，左小龍說：大帥，我上次說，有件事情要找你。

大帥看守著雕塑園說：我忘記了。

左小龍說：你就打算一直在這裡看守雕塑園？

大帥說：我覺得挺好的，我沒覺得自己有什麼野心非得幹出個什麼事業來，我每天什麼都不用幹，錢也不算少，我不想丟這個工作。

左小龍說：你不會丟這個工作，但是我們可以搞一個合唱團，這就是上次我要和你說的事，我們有地，你看，我們有地，我們弄一個合唱團，一個月後，有一個合唱比賽，我們去參加，肯定能贏。

大帥問：有什麼獎品？

左小龍道：你眼光看太近，有榮譽啊，還有一幫兄弟啊。

大帥又問道：要兄弟做什麼？

左小龍道：你想，我從小想做個指揮，合唱團指揮，現在有這個機會，我們有地方，我們有這麼大的地，可以訓練，還能發展，還有這麼多弟兄，平時做什麼都聽你的，我……我們就把這個雕塑園搞得像一個小的國家一樣，說不定還能搞出些個什麼產業來，我們就能賺到錢，當然，賺錢不賺錢不是最重要的，最重要的是，這不能只有野雞野鴨啊，這裡有多麼好的土壤。

大帥疑惑道：那你自己弄就行了唄，我又不會唱歌。

左小龍說：一起弄麼，都是兄弟，一起來嘍。

大帥堅持疑惑：你爲什麼死活要拉我一起弄呢？

左小龍想半天說：要不，你多孤獨啊。說罷自己一身雞皮疙瘩。左小龍死活要把大帥拉進來的原因是，他判斷，大帥是個安全的人，但爲了他別說漏嘴，所以必須要把他綁在一起。

雕塑園正近黃昏，各種動物的鳴叫響成一片。左小龍說：我們先要十個人，就叫亭林鎮合唱團，用一個月的時間訓練起來，一定沒有問題。

左小龍說：那人從哪裡來。

兩人在蛙叫蟲鳴中沉默了半天。

左小龍說：這樣，你看，用學生肯定會比較好一點，我們去找小學生，小學生的感染力比較強，小學生容易得獎。我們去小學門口，看看誰被人家欺負了，咱倆過去，伸張正義，把人趕跑，再要求他加入合唱團，有了組織，有了社團，就不會被人欺負了。

大帥說：可以，可以。左小龍道：現在就走，抓緊時間，我開你的摩托車，你坐著。

左小龍重新跨上摩托，意氣風發，帶著大帥到了小學邊上。兩人守候半天，沒看見一個小學生。左小龍問：怎麼回事？是不是放學了？

大帥一琢磨，道：不對，今天是禮拜天。

左小龍道：上車，我們在鎮上溜達溜達，把目標放長遠一些，不一定非得小學生的。

兩人坐上摩托車，在鎮上穿梭。突然間，左小龍停車了。他把車熄火，道：聽。

大師凝神傾聽。

風裡傳來歌聲：

綠草蒼蒼／白霧茫茫／有位佳人／在水一方

綠草萋萋／白霧迷離／有位佳人／依水而居

我願逆流而上／依偎在她身旁／無奈前有險灘／道路又遠又長

我願順流而下／找尋她的方向／卻見依稀彷彿／她在水的中央

左小龍說：你看，多好聽，唱的還是唐詩三百首。

這歌聲越來越近，一個姑娘開著小踏板路過兩人面前。

左小龍說：你看，多美啊。

大師定睛一看，說：這個女人我認識。

小的地方就是這樣，一個女人若是相貌出眾，在成熟之後肯定會聲名遠播，這個聲名還不需要新聞的炒作，只靠人口傳播，很實打實。這個女孩可以促進當地青年荷爾蒙的分泌，讓他們的聊天話題有個落腳點，一直到她遠走高飛。眞正的尤物總是屬於大城市的，屬於全人類的，屬於……反正不屬於你我的。

左小龍因爲聽了大帥一句「這個女人我認識」，下意識地看了大帥的臉，錯過了定睛的機會。但是他還有機會，因爲大帥的摩托車要比這姑娘的踏板車快一些，況且他得以聽了這麼多句，說明姑娘開得眞的很慢，這樣一方面得以巡展，一方面也可以保持芳容。左小龍開著大帥的摩托車跟隨了上去，左小龍鎮定地超過了小踏板，看了一眼。姑娘很享受這一眼。左小龍通過這一眼也想起了她是誰，早在兩年前的大禮堂，左小龍就很喜歡她，她就是黃瑩。

每個男的在歲月裡都存在對兩個女人的幻想，一個清純，一個風騷。當然，這得是兩個女人，而不是一個女人的結合，雖然有人的確能把這兩者結合得很好，但關鍵是，她還是一個人，而男人總是希望什麼都有兩個。黃瑩是這樣的一個姑娘。在普通人眼裡，她一看就是個風騷的人，而事實上，她的確就是個風騷的人。風騷的人會讓全世界所有剛和她聊過一句的人都覺得有戲，並想入非非。

黃瑩是這裡的交際花，在每個需要交際的場合裡都會有她的出現。這個鎮上，每到冬天都會有一個新年的歌舞大會，文藝是這個鎮子的特色，因爲這個鎮子早先有一個聲名遠播的文藝項目——黃花村農民戲。這是一個崑劇的變種，最早起源於一九五五年，當地負責豐富群眾文化生活的村姑黃小花學習了崑劇以後，將崑劇教授給當地的其他村姑。但因爲黃小花天資愚笨，能力低下，音樂細胞欠缺，所以在傳播的過程中產生了走樣……不過話說回來，基本上新生藝術都是學習和傳播過程走樣的產物。村姑們都學習得很認眞，並且在當年的文藝匯演中表演了一齣從來沒人見識過的……東西，這個山寨版戲劇倒是很貼合勞動人民的文藝現狀——他們得到的永遠都是走樣的文藝，從那以後，這個戲曲形式馬上開始流傳一方，到後來，它被稱爲黃花戲，一度和黃梅戲齊名，被稱爲「雙黃」，而這個村也被改名爲黃花村。

這個鎭子的歷代領導都很喜歡「文藝」這個招牌，經常舉辦各種與文藝相關的比賽，並想出「文藝搭台，經濟唱戲」這樣的全國所有破地方都喜歡的惡俗口號。「文藝搭台，經濟唱戲」怎麼可能呢，這世界上只有「文藝坍台，經濟唱戲」。一切都是爲了附庸風雅，因爲我們有太多沒有特色的城鎭，所以有人會絞盡腦汁給自己賦予一些特色，比如我們這裡的農民會作畫，我們這裡的豆腐特別臭，我們這裡的姑娘隨便睡，我們這裡的企業不交稅，等等等等，這些東西可能就是狗屎，但如果是當地特有的狗屎，那這就是好東西。文藝在亭林鎭就是這樣的一個狗屎。

黃瑩在每年的新春文藝晚會上都會出現，唱歌跳舞，深得百姓的厚愛，關鍵是，她沒有加入當地的文化部門，所以，還不用給她錢。她也深得領導的厚愛，很少有人可以兼得民間和官方的寵愛。她只是喜歡唱歌跳舞，而且就是喜歡展露自己的身材，所以這裡的人都認爲她很騷。她究竟是怎樣的一個人沒有人考證過。追求黃瑩也是一件非常矛盾的事情，一方面所有的男的都會眼紅，一方面他們又會假裝勸你，上這樣的女人，一定要戴上避孕套。但是如果上天給他們一個上黃瑩的機會，條件有兩個，一個就是不戴避孕套，一個就是自己家裡的老娘會折壽一歲，大部分男人還是會前仆後繼的。這眞是件悲傷的事情，而且這個鎮的環境污染越來越重，老人的壽命越來越短，折壽一歲在人生特定的長河裡雖然不算什麼，但在人生特定的場合裡，很可能上完回來老娘已經死了。

左小龍一直很喜歡黃瑩，但這樣的喜歡是一種沒有預感到交集的喜歡，所以不曾放在心上。今天這樣的場合遇見她，左小龍突然冒出一個想法，他對大帥說：大帥，你覺得黃瑩怎麼樣？

大帥道：上這樣的女人，一定要戴上避孕套。

左小龍說：我不是說這個，你覺得，我們把她拉到合唱團裡，怎麼樣？

大帥道：不是說用小學生麼？這樣一個女的在，會不會大家芳心大亂，隊伍渙散？電視劇裡都是這樣的。

左小龍說：不不，我們正好缺一個音部，沒有這個音部，合唱團肯定不行，黃瑩做這個音部，正合適。沒錯的。

大帥一時說不出話來，突然顯得有點不好意思。半天，大帥說：小龍，你這話說的，一時太直接了，我承認，我們缺少一個陰部，但是，黃瑩會不會心甘情願呢？

左小龍道：你去說說。

大帥問：我怎麼說，你怎麼不去說。

左小龍道：我是團長，你是副團長，這就像導演和副導演的關係一樣，演員的海選都是由副導演負責的。你去。

大帥問：那我怎麼說？左小龍說：你直接說，你就上去，對她說，我們要做個合唱團，但我們缺少一個音部，你技術很好，所以你一個人就行。

大帥還沒聽完就躲很遠，說：我不去，送死我不去。

左小龍搖搖頭，說：你看你，關鍵的時候，你總是不行。我來。

左小龍擰了一下油門，突然意識到自己胯下的並不是那部爆缸的西風摩托，而是一部國產摩托，頓時信心回縮，他覺得還是等自己的摩托車修好以後再去和黃瑩說更加靠譜。他剎車轉身對大帥說：這樣吧，大帥，看緣分，一切都看緣分，如果我能和黃瑩再碰到，我就去找她。

黃瑩開著踏板唱著歌離他們遠去。

左小龍對大帥說：吃飯去。

兩人開車穿過最熱鬧的地方，景物逐公里地荒涼敗落，這個地方所有的農民住房都被外來打工者租下，一間屋子一百元，一幢房子一年就能有額外的一萬塊收入。這樣一來，當地人無法就業的怨恨漸漸平息，因爲他們得了利益，雖然這需要和幾十個不認識的人住在一個屋子裡，而主人自己和他所有的東西只能擠在一個房間裡。一開始這裡「經濟唱戲」的時候，大家都很高興，覺得自己可以有一份體面的工作，但是因爲唱戲沒唱好，所以招商來的全都是一些被其他地方所摒棄的重污染化工企業，但當地人轉念一想，算了，污染嚴重點就嚴重點，體面的工作是沒有了，但是人家吸毒還得花錢，咱們這裡免費就能吸毒。雖然我們的家園被污染了，但污染的是我們的河流和空氣麼，河流最終會流到別處去，空氣也會被太平洋的風吹走，但錢留住了。

開滿了化工企業後，這裡的環境果然出現了問題，河流雖然流走了，但物種都變異了。人們驚奇地發現，這裡的小龍蝦長到了普通小龍蝦的三倍大，人家非常惶恐，但勞動人民的智慧很快被發揮了，他娘的這不就是澳洲大龍蝦麼？後來經過當地見過世面的村民反映，這個要冒充澳洲大龍蝦還是難了一點，估計要再被污染五年才行，但是不要緊，澳洲還有小青龍，我們就冒充澳洲小青龍拿去市場上賣。

但山寨的道路是任重道遠的，很快，人們發現澳洲小青龍是青色的，但亭林變異龍是紅色的，無奈，抓到這種龍蝦的人們一致對外宣稱，這是幾內亞大蝦。選擇幾內亞的原因是捕蝦者要選擇一個國家，翻開資料，幾內亞因爲起首字的筆劃最少而排在第一位。

當然，幾內亞大蝦是這幾天的事情，左小龍也是爲數不多的留在這裡的青年人。當地人的工作夢想還沒到一年，大量的外來打工者找到了這裡，他們比當地人更能吃苦，更能耐勞，更能吸毒，而且只要求一半多的薪水，很快，當地人紛紛失業。

他們的憤怒還沒有來得及宣泄的時候，當地其他的產業崛起了，那就是服務外來務工人員的行業。面對突然湧來的幾萬人口，當地的幾千人走了一大半以後，剩下的突然想到，我們可以賺外來務工人員的錢，老人可以把房子租出去，年輕人開始開各種店來滿足這些人的日常生活生理需要。就這樣，這個鎮子暫時和諧了下來。

左小龍和大帥開著摩托車經過了外來人口最多的一條馬路。這裡本身是國道，但是因爲這裡工廠實在太多，一到下班的時候，人群就會擁滿整條公路，交警部門無奈只能讓車輛在這個時間繞道而行，這就成了全國唯一一段成爲步行街的國道。

左小龍和大帥開著摩托車在這步行街裡躲閃著人流。左小龍突然駛離了國道，開上了小路，大帥問道：你怎麼了？

左小龍道：執法。

大帥一時沒能聽明白，泥路上崎嶇顛簸，大帥又不願意摟緊左小龍，只能緊緊抓住摩托車的座椅。

左小龍繞到了一個染料廠的後面，把摩托車停好，下車對大帥說：你看，這個三層的小樓是他們的高層住的地方，他們污染我的河，我要……

大帥問道：怎麼樣？

左小龍堅毅地看著小樓的玻璃，流露出視死如歸的眼神，道：我要打破他的窗。

說罷，左小龍撿起一塊石頭，往小樓的窗戶砸去，但因爲射程比較遠，左小龍的拋物線也不夠合理，殺傷力一般，所以石頭碰到窗的時候已經綿軟無力，崩了一下以後掉落到了圍牆裡。

狗B。左小龍罵道，又撿起一塊各方面條件符合的石頭。左小龍對大帥說：扔石頭很有講究，我其實很喜歡這個，剛才這個是失誤，你看，太大的扔不動，太小的扔不遠，片狀的石頭容易受到氣流的影響，三角的石頭硌手，容易歪，最合適的就是這樣的石頭，橢圓形，光滑，大小……

大帥接話道：這不就是鵝卵石麼。

左小龍沒往下說，操起一塊扔向玻璃。石頭還沒有接觸到目標，左小龍就開始發動摩托車，道：趕緊走，可以了。

話音剛落，玻璃稀里嘩啦掉一地。

大帥連忙跳上摩托車，兩人在砂石路上捲起濃煙，轉過一個村莊，到了一個塑膠廠後面。

這個塑膠廠的結構和剛才那個染料廠大同小異，大帥道：我來。說完從地上撿起石頭，左小龍忙握住他的胳膊，說：等等。

大帥說：成，那你來吧。

左小龍道：等等，你沒看見樓下有個人在掃地。等那掃地的走了再砸，要不然玻璃全插她腦袋上。

兩人等了五分鐘，那清潔工直接就坐在樓下台階上休息。大師問：怎麼辦？

話雖這樣問，但大師已經做好了死等的準備，他覺得依照這樣一個人的脾氣，這石頭是一定要扔出去才算完。

左小龍道：吃飯去。

兩人來到了大毛土菜館。大毛土菜館是當地有名的菜館，店主是個盲人，叫劉必芒，小時候他的父母覺得他必然綻放光芒，所以取名劉必芒，結果還真的盲了。在他瞎了以後，他很痛恨自己的名字，他覺得是這個名字不吉利，所以將「必」字去除，改名劉芒。他很關心這世界正發生著什麼，他很喜歡左小龍，因爲只有左小龍有耐心陪他聊天，告訴他亭林鎮的局勢，關於世界局勢和中國的局勢他可以從電視上聽到，但是電視裡不會告訴他亭林鎮的局勢。後來他裝了衛星電視，但是衛星電視讓他心情不爽，因爲他發現，明明是相同的事情，爲什麼從衛星裡得知的和從國內電視台得知的有所區別。他不知道相信哪個好，最後，他把衛星大鍋拆了，他認爲應該相信自己人的。他把衛星大鍋拆下來後，當地的警方就找到了他，警方說他是私裝衛星電視。

盲店主問：衛星電視不能裝麼？
警察說：不能裝，你沒看到有告示麼，貼在各個地方的宣傳欄上的。
店主回答：我沒看到。
警察說：這個我們要沒收，還要罰款。
店主問：我裝在上面的時候你們爲什麼不罰我呢，拆下來了還要罰我？
警察道：你裝在上面的時候我以爲是你們飯店的招牌，是個鍋，你拆下來了我就看清楚了。
店主問：你這爲什麼不讓看啊？
警察道：我只是執行任務，執行上級的通知，這裡面肯定有不健康的東西。
店主頂撞道：那我怎麼還挺健康呢？
警察笑道：你健康什麼啊，你都看瞎了。算了，我就不罰你款了，你也是盲人，但你的作案工具我們就沒收了。
說罷將衛星大鍋裝上了平時收繳摩托車用的卡車。
店主哀求道：這是我自己拆的，我是因爲覺得要相信自己人才拆的。
警察看了一眼，道：自己人？
就這樣，他的大鍋被沒收。他憤然摸索到了自己的房間。而他的保姆聽到動靜出門，看見警察正在裝衛星大鍋，以爲主人不知道，連忙一邊上車奪下，一邊大喊「劉芒劉芒」而被處以行政拘留一天，罪名是妨礙公務並且辱罵警察。

劉芒也是頑固的排外派，認爲大量的外來人口讓人看著就很討厭，把他們原來的家園搞得亂七八糟，所以他制定了一個規矩，只要是當地人憑藉一口當地話去那裡吃飯就可以打五折。劉芒的老婆卻是個包容派，她認爲本來就沒有什麼永遠的家園，那都只是人類遷徙過程裡的落腳處，只是落腳的時間長短不一而已，她爲了讓外地人更好地融入這裡，開了一個收費培訓班，專門培訓外地人說當地話。他們這樣一個組合眞是非常奇怪，實在是無法計算他們的家庭總收入到底會多一點還是少一點。

左小龍坐定，老闆正好在店裡溜達，上前開門見山道：左小龍，明天這裡又有個新的工廠開張了。

左小龍嘆口氣，道：什麼工廠？

老闆道：一個印刷廠。

左小龍喝道：服務員，菜單。

老闆繼續說：還搞了個揭幕剪綵儀式，儀式完了我這裡被他們中午包場了，所以明天中午你過來吃飯的話就不行了。

左小龍看著菜單道：沒事，明天中午不來，偶然來一次還吃得起，哪能連著來。

老闆道：開幕儀式鎮長也來，還有表演，黃瑩也來唱歌。印刷廠就開在我隔壁不遠的地方，你沒事就到我的二樓包廂裡來看，說不定還能看見剪綵。

左小龍道：我來。

他們吃完飯以後回到雕塑園，此時的雕塑園一片漆黑，裡面的各種植物好似可以吸收日月光輝。他把大帥放下以後自己又騎摩托車在公路上疾馳，他深愛一個人穿破風霧的感覺，這感覺就好似孤膽英雄，正因爲孤膽英雄最重要的是孤，所以身邊一定是不能坐人的，當然，他沒明白孤膽英雄是一個層層遞進的詞語，孤小於膽小於英雄。但這些都不重要，因爲孤是最容易做到的。從二十公里外吹來的太平洋海風包裹著左小龍，左小龍開著摩托車一直在追逐一隻疑似海鳥的鳥往東海的方向而去。這個鎮離開海岸線才十五分鐘的車程，雕塑園裡的鳥估計也是在海上遷徙的時候落腳的。雕塑園是人類發展進程裡唯一沒有被毀滅的原始土地模樣，雖然它沒有被毀滅的原因是因爲人類自己扯皮不清。這裡的蚊蟲雖然多，但這裡的蚊蟲會被青蛙和蜘蛛吃掉，而不是被噴霧劑所消滅。

左小龍雖然在每擰一次油門的時候都會把大帥的摩托車和自己的西風做比較，然後唏噓，但是他依然執著地向著……不知道什麼地方開去。他只是在想，他熱愛自己的家園，但如果每天能做的只是發射鵝卵石，未免太過英雄氣短。但他轉念一想，每個人都有自己的報仇方式，有些人報仇爲了報仇，有些人報仇爲了悅己。況且這些不是仇，只是恨。

左小龍沒能開到海邊，他開到了一個巨型化工廠的生活區，在疾馳的過程中他看見有一部汽車停放得不對，把盲道給占了，他沒有多加思索，用他一貫的方式貼著汽車的右邊反光鏡擦了過去，砰的一聲，汽車的反光鏡就向著車頭方向折疊了。左小龍管這些都叫執法，因爲他覺得他們違反了他心中的善惡觀，作爲懲罰，他得把這些車的反光鏡撞折過去，但是不要緊，因爲車主發現後扳一下就能扳回來。但是第二次……左小龍決定第二次就不能這樣輕易放過他們，但問題是左小龍根本記不住認不清哪部車犯了第二次。所以，左小龍練就了一身用摩托車手柄蹭反光鏡的絕技。至於爲什麼要蹭右邊，是因爲他第一次嘗試的時候是蹭左邊，摩托車先接觸到的就是前剎車閘，所以在蹭到反光鏡的一剎那，摩托車也啓動了前剎車，左小龍就飛了出去，以後左小龍就學乖了，專門蹭左手邊離合器的那個把手。

但這次，他又失誤了，他沒想到大帥的車離合器位置詭異，一撞以後把自己的手指給夾了。這一夾非常疼，左小龍當時就沒法把摩托車開走，下車捂著手蹲了半天，發現受傷的是左手的中指，而且開始腫大，他一想覺得完蛋了，這次的破風之旅估計要變成破傷風之旅了。

左小龍一個手搖搖晃晃開到了雕塑園，在回程的路上，這太平洋的暖風都變涼了，吹得左手抽疼。回到了他們的住所，大帥在園裡看電視。因爲沒有有線電視，所以只能收到固定的幾個頻道，但左小龍和大帥都覺得這樣看電視反而更容易有滿足感。左小龍把腫大的中指伸出來給大帥一比劃，大帥道：骨折了。

左小龍道：我也覺得是。

大帥問：該不是摔了我的車了吧。

說罷起身去看摩托車。左小龍道：沒摔到。有沒有綁帶？

大帥從抽屜裡翻了半天，找出一些膠帶，說：湊合用。

左小龍從手邊的樹上掰了一小截細嫩的樹枝，用來固定中指，然後用膠帶纏住，吃了兩粒止疼藥，治療就完畢了。左小龍從小對疼痛不是很畏懼，他小時候喜歡看戰爭片和戰爭書籍，眼看著自己的四肢離開軀體對他來說都不算什麼難以接受的事情。他小時候崇拜希特勒，覺得希特勒就像一個孤膽英雄，但是在看希特勒的傳記的時候，發現原來希特勒只有一個睪丸，而且在被子彈擊中的時候大喊救命和疼，所以心中的崇拜感頓時消失，希特勒也從孤膽英雄一下子降爲孤蛋英雄。左小龍覺得是男人就不能喊疼的。

雖然眞的很疼。

這個夜晚左小龍特別難熬，還有一隻不懂事的蚊子在他的左手中指上咬了一口，那一口恰好咬在骨頭斷裂的位置，還不能撓，眞是生不如死。有的時候疼好忍，但癢就不好忍了，忍著不能撓是最不能忍的。左小龍在這個時候想起了泥巴。他突然想，不知道這個小姑娘現在怎麼樣了。明天應該去找找她，告訴她自己受傷了，當然，是在見完黃瑩的情況下。

第二天天剛亮，左小龍就醒了，他先要去溫度計廠工作。爲了這個工作，他要把牛仔褲反過來穿，然後把拉鏈拉開，方便把溫度計塞到肛門裡。第一批測試開始，等了三分鐘後，他把溫度計成品從腋下拔出一算，驚了，媽的三十九度。左小龍毫不猶豫將這支溫度計塞到肛門裡，拔出來一算，還是三十九度，他把刻度又甩了回去，塞到嘴裡含了半天，拔出來一看，眞是三十九度。這下要吃藥了。左小龍是最不喜歡吃藥的，他相信人類的身體可以自己解決一切問題，但出於職業道德，這個職業需要他有一個恒定的體溫，他不得不吃了兩片消炎藥和退燒藥。他眞是不喜歡這個工作，但是爲了摩托車的新引擎，他不得不做，到了今天他都再不願走到那條街上再聽見那首鈞凱子之歌，不過事情還沒有結束，邪惡暫時壓倒了正義，邪惡繼續著，正義爆缸了，這就是現狀，但一切都會被扭轉，在……未知的將來。

但左小龍實在不能完成裝盒和測試的工作了，他只能被勸回去休息。左小龍豎著中指，拖著高溫的軀體在街上低頭艱難步行。突然，他想去看看自己的大摩托車，在烈日下左小龍覺得還是有點冷，他得找些事情來分散注意力。他決定給自己的摩托車取一個名字。

左小龍的腦海裡冒出來的第一個名字就是「挑戰者號」。但他覺得這個名字很耳熟，好像被誰用過。思前想後，出來的都是一些不能讓自己滿意的名字，諸如「大西洋」，不行，這個就像一個國產摩托的牌子；「所向披靡」也不好，這個「靡」字他不知道怎麼寫；「暗夜之星」也不好，感覺它是錦江之星的兄弟。

左小龍想著想著就到了修理店，看見自己的摩托車被拆了散落在地上，一陣傷心。左小龍特地把自己摩托車的零件稍微往一堆歸整了一下，然後默默看著，心裡想，你眞是可憐，連一個名字都還沒有，我也沒有給你上牌照，等於你連身份證都沒有，你就已經被拆散了。你眞是一坨無名英雄啊。

店主出來拍了拍左小龍的肩膀，想當年就是他幫這部摩托車調整的空燃比，現在卻已經物是車非。店主安慰道：沒有問題的，發動機幫你找到了，兩天就到了，你以前那台太老了，這台成色很好。

左小龍的體溫瞬間回到了三十七度，但突然間想到自己錢還沒湊齊，又回到了三十九度。他問：這麼快，不是說差不多一個月麼？

店主道：哦，你女朋友來過，說快點找，我們讓廣東發的空運過來。

左小龍問道：什麼，誰？

店主說：那個誰，我說不出來，她說是你女朋友啦，她比你著急多了，她說你的摩托車早點修好你就能早點見她。我說你這男的也眞是的，是你去泡妞又不是你的摩托車泡妞，你又不是用排氣管幹人家的，要等什麼摩托車修好。

左小龍暗自想道，這個泥巴眞是的，自己就是因爲沒錢才想讓這車修慢點，恨不能這發動機是自己發動一下然後從廣東一路走過來的，現在直接空運過來，發動機費用不說，空運費又是一筆。

左小龍道：不過我明天要出差。大概要兩三個禮拜才能回來。要不我回來以後再來取。你看行不？

店主道：行。

左小龍一把搭住店主的肩膀，道：好了，我也不跟你瞎說了，我不出差，但我得等月底有了錢以後才能取，現在我取不了，你就先幫我裝好弄好，然後鎖起來，我也不開走，隔天來看看就成。

店主說：你女朋友已經幫你把錢付了，可能還有富餘。

左小龍心中一下不能名狀，他匆忙告辭，回頭看了自己的西風一眼，又回到溫度計工廠開工。他覺得用了自己女人的錢眞是無法讓人接受的一件事情，自己必須趕緊賺錢把錢還了，否則還是不能去見泥巴。所以，對於泥巴來說，見面的時間是一樣的。而在這個賺錢的緊要關頭，他又中指受了傷，這讓左小龍很難再去找兼職，沒有哪個地方會要一個成天豎著中指的員工。

到了中午時刻，左小龍來到了大毛土菜館，找到了劉必芒。劉必芒在向東的包廂裡等候。這間包廂是劉必芒親口設計的，但是估計員工在執行方面產生了一點誤會，所以居然很有非主流的風格。劉必芒的設計理念是星光，他要求屋頂漆黑，然後畫上白色的星星，後來有人告訴他，畫上去不太好，感覺像發霉了，劉必芒就要求索性到位，用ＬＥＤ燈做成閃爍的星星。一年以後，勞斯萊斯的新款跑車也使用了這個設計——星空車頂。

房間的頂是星空以後，劉必芒又突發奇想，說這樣，要充分體現這個星空包廂的主題，不光星星是星星，明星也是星星，所以，在牆壁上要貼滿明星們的照片，而且要注意剪裁，只要他們的臉，這就能讓人徹底感覺這個包廂星光熠熠。

因爲劉必芒是個瞎子，而且平時不關心娛樂圈，所以這個任務就交給了領班。這個飯館的領班和服務員都是當地人，但因爲自己的家裡房子都被外來務工人員租滿，所以同住的時間一長，耳濡目染，深得要領。老闆一吩咐要找明星的大照片貼牆，都興致盎然，這比抄菜譜有意思多了。

一番忙碌。

左小龍進門先看見了楊臣剛的大臉，而且彷彿是把照片貼在圓桌上裁出來的一般圓，這張臉足有兩米乘兩米那麼大，這張大臉就確定了這個包廂的功能發生了變化，不能再以吃飯爲主了。在楊臣剛的旁邊是龐龍的臉，這兩大至尊的唯一區別就是龐龍的臉是兩米乘以一米九。旁邊散落了不少臉，他們的臉的大小彷彿是根據手機彩鈴的下載率來決定的，這些臉都沒有身體依附，直勾勾地看著進房間的每一個人。

萬幸的是，勞斯萊斯的新款跑車沒有使用這個設計，確保了這個品牌的生命得以延續。

所有人到了這個包廂裡都會情不自禁地往窗邊走去，看著窗外。只有劉必芒才能視而不見地坐在沙發上和楊臣剛兩人小眼瞪小眼。每次左小龍給劉必芒講述亭林鎮發生的事情的時候也基本都在這間讓劉必芒很得意的包廂裡，劉必芒坐在沙發上，左小龍自己搬一個椅子正對著他，這樣雖然可以不用看見楊臣剛，但一想到他在身後的牆壁上直勾勾地看著你，不由背脊發涼，只想一股腦把該說的全說了，實在是扛不住啊，到了這樣的環境裡，估計劉胡蘭都想招。

總之，到了星光包廂，只有一個念頭，那就是：我說，我什麼都說。

在窗外，剪綵儀式正在準備中。都說人瞎了以後其他觸覺就會變得靈敏，此話沒錯，劉必芒的聽覺就很厲害，所以他對這事大致有所聽說，介紹道：這個印刷廠是出版界的知名人物路金波和黎波兩人所開設，叫波波印刷廠，在圖書出版的過程中，他們不光想賺取出版利潤和發行利潤，他們突然發現，還有一筆錢也是不能放過的，那就是印刷利潤。路金波每年都做安妮寶貝、韓寒等人的書，黎波他們簽下了郭敬明的書和雜誌，光他們自己的生意就足夠支撐整個印刷廠了，所以他們要賺取在圖書出版上所有的利潤。當然，要除了和新華書店爭奪銷售利潤，因爲書都是五折批發給新華書店的，而新華書店屬於國企，所謂國家利益大於一切，個人掙小頭，大頭給國家，這才是發財的正道。

左小龍嘆氣道：這幫孫子太黑了。

服務員端來兩杯滾燙的熱茶，劉必芒吹了一口喝下。左小龍看得詫異，想莫非劉必芒的觸覺也失去了。窗外鑼鼓喧天，腰鼓隊的大媽和學生們正在奏歡迎曲，一排人坐上了主席台。此時驕陽四射，空氣溫熱，左小龍在他們斜上方的玻璃房裡端著茶看他們，油然而生一種豪邁感，他覺得電影裡，決定事情走向的真正幕後高手都是在他那個位置，端著一杯液體慢慢搖晃，隔著玻璃，看著下面的一堆人賣力表演，目光長遠，鎮定自若，舉重若輕，胸有成竹，空調設定在二十二度。

當然，影視作品裡一般這樣的人也是要馬上被狙擊槍擊中的。但左小龍會在思維裡屏蔽掉這一點。事情自然是多元的，但挑能用的用嘛。

突然間，禮炮毫無徵兆地響了，左小龍被嚇了一跳，杯子裡的水不小心晃落在地上幾滴。他低頭一看，又嚇一跳，地上還有一張明星臉，定睛一看是雪村，水滴在他腦門上，他連忙用腳搓了幾下，把水碾乾。

禮炮之後，司儀上場。左小龍隱約聽見了一些關鍵詞：經濟，繁榮，文化，唱戲，搭台。

左小龍覺得黃瑩要登場了，馬上告辭，下樓到了圍觀的人群裡。一切虛假的英雄氣概在馬子面前都得現實一點，尤其是沒有泡到的馬子。

但接下來登場的是波波印刷廠的大老闆路金波，左小龍非常失望。同時他發現自己置身於一堆小學生和初中生之間。他覺得很疑惑，爲什麼這個儀式會吸引那麼多未成年人來。他來是爲了聽黃瑩唱歌，屬於「一小撮別有用心的人」，其他圍觀的人是當地的民工和老人們，都被納入「不明眞相的群眾」，那些未成年人是來做什麼的？

台上，路金波登場，下一個節目就是互贈禮物。當地的鎭長代表政府送了他一個禮物，鎭長說道：爲了感謝這家全國最有影響力的印刷廠選擇亭林鎭，爲亭林鎭帶來了文化韻味，所以，特地，政府爲他準備了一個禮物……

禮儀小姐端著一個物體走上台，物體被紅布遮蓋，台下的人伸長了脖子，只有學生們有點不耐煩。

禮儀小姐捧著禮物走到路金波面前，鎭長滿面春光走來，笑意和肥肉都在臉上蕩漾。在迎賓彩條下，他掀開了紅布，是一台被噴塗成了金色的打印機，因爲離得遠，在下面的群眾一時沒明白過來這是什麼，路金波也呆在原地一臉驚詫，氣氛一時陷入不知所云的境地。在台下的鎭長秘書趕緊帶頭鼓起掌來，稀稀拉拉的掌聲響起來。鎮長點了點頭，路金波終於回過神來，收下了這金色的打印機。

台下的群眾果然不明眞相，紛紛相傳道：好大的一塊金磚啊。

鎮長拿起話筒，說道：這是一台打印機，但是，我們特地精心把它噴成了金色，象徵著我們祝願波波印刷廠生意興隆，特地要說的是，這個塗料也是我們鎮上的大剛塗料廠生產的，這也象徵著，在區委區政府的關心下，在區委區政府的領導下，我們亭林鎮的經濟得到了良性發展，科學發展，和諧發展，形成了一個產業鏈，也希望，越來越多的像波波印刷廠這樣的企業來亭林鎮發展，最後，我祝願波波印刷廠，事業蒸蒸日上，能為社會做出最大的貢獻！

鎮長的結尾慷慨激昂，音響不能承受都發出了破音，但是在這破音裡，鎮長秘書依然頭腦清醒，帶頭鼓起掌來。

群眾稍微有點失望，原來不是金磚啊。

但路金波卻在台上顯得有點侷促不安，幾番欲言又止。司儀接話道：鎮長說得非常好，那我們的下一個議程就是由波波印刷廠的董事長，也是著名的圖書出版人，路金波先生，贈送禮物。

接著，另外一個禮儀小姐端著一個由紅布遮蓋的物體走上台來。她走到鎮長面前停下，司儀假裝幽默道：看來也是一件神秘的禮物，下面我們歡迎路金波先生為我們揭開這禮物神秘的面紗。

音樂和彩帶都起了。路金波有點不大情願地掀開了紅布。司儀在看都沒看的情況下，職業性地發出了感嘆：哇，這原來是……

等司儀看清楚，突然間不知道該說什麼，四周又陷入了一片靜止，鎮長和路金波面面相覷，群眾更是不知道他們在演哪齣。

禮儀小姐手裡赫然還是一台金色的打印機，連牌子和型號都是一樣的。

鎮長秘書連忙貓著腰衝上台去，對禮儀小姐說，拿錯了，拿錯了，你怎麼又拿一遍這個打印機。

鎮長也不滿地看著禮儀小姐。禮儀小姐更是不知所措。

在天氣和內心的雙重煎熬下，路金波腦袋上緩緩流下一行汗水。路金波輕輕對鎮長說：沒拿錯，我們想到一塊兒去了，我準備的禮物也是這個。

台下的群眾議論道：這老闆是嫌我們準備的東西不值錢還是咋的，爲什麼又送回去了。在他們看來，這代表了他們每一個人的面子，所以剛才恨不能是公款給路金波送了個金磚，因爲這是給他們長臉了。長臉才是某些老百姓的第一需求。

路金波拿起話筒，憋出急智道：哈哈……大家不要誤會，這是一個小插曲，我們波波印刷廠準備的禮物也是一台金色的打印機，這是我們想了很久的一個創意，沒有想到，和鎮長不謀而合，眞是英雄所見略同啊。這也意味著，我們和政府齊心協力，把波波印刷廠做成這裡的旗幟企業的一個決心。我們有著相同的目標，相同的信心，相同的……渴望，就是爲社會做出更大的貢獻。

說完，路金波又滴下一滴汗，他想到，和政府一打交道，果然說話都莫名其妙喜歡用排比句了。

鎮長聽完，帶頭熱烈鼓掌，秘書更是轉身面對群眾鼓掌帶動情緒。

司儀方才也是一頭冷汗，見氣氛緩和，連忙打圓場道：啊，原來是這麼一回事啊，眞是惺惺相惜，官商……

說到這裡，他又卡住了，因爲他搜索了腦海裡所有的詞彙，只有「官商勾結」這麼一個。語塞半天後，他突然開竅，繼續道：官商和諧啊。

「和諧」眞是個好詞語，在某種場合，一切沒話可說的情況下，只要用上這兩個字，就一定可以逢凶化吉。

鎮長眼看尷尬被化解，又拿起話筒道：這眞是同一個世界，同一個夢想，同一個禮物啊。

台下所有人一時被雷住了。這時候，秘書又開始鼓掌，並且大聲叫道：好！

但是明顯台下被雷住的程度超乎了秘書的想像。縱然他賣力煽動，台下只有他一個人在鼓掌叫好，鼓著鼓著他也覺得有點不好意思，聲音漸小。但關鍵時候，還是黨員的覺悟高反應快，同時出席的一些領導和員工等突然蘇醒，開始鼓掌，但剛鼓一下，又被那邊要化解冷場的司儀的話給憋了回去：

鎮長說得眞是好，把這個奧運的精神和我們亭林鎮的發展都結合到了一起。現在，我們有請我們的青年歌手——黃瑩，爲大家送上一首歌曲——〈我的祖國〉。

黃瑩明顯還沒做好準備，匆忙跑上台，音樂已經響起，黃瑩還沒來得及咽口水調整，就連忙唱道：

一條大河波浪寬／風吹稻花香兩岸／我家就在岸上住／聽慣了艄公的號子／看慣了船上的白帆

姑娘好像花兒一樣／小伙兒心胸多寬廣／爲了開闢新天地／喚醒了沉睡的高山／讓那河流改變了模樣

這是美麗的祖國／是我生長的地方／在這片遼闊的土地上／到處都有明媚的風光

好山好水好地方／條條大路都寬暢／朋友來了有好酒／若是那豺狼來了／迎接它的有獵槍

這是英雄的祖國／是我生長的地方／在這片古老的土地上／到處都有青春的力量

這是強大的祖國／是我生長的地方／在這片溫暖的土地上／到處都有燦爛的陽光

在歌唱的過程中，黃瑩明顯有點緊張，這是她第一次被趕鴨子上架般唱歌，所以一直在找一個咽口水的節奏點。但左小龍聽得如痴如醉，並跟著唱道：姑娘好像花兒一樣，小伙子心胸多寬廣。他想到，自己的親哥哥麥大麥對自己說過，當時有一個叫哈蕾的姑娘也這麼對著他唱過這首歌，讓他心動不已。麥大麥也對他唱過這歌曲，唯一的不同就是，在這片遼闊的土地上，到處是牛羊，遍地是莊稼。所以，他恨不能對他消失不見的哥哥說一句：你是錯的，應該到處都有明媚的陽光。

到處都有明媚的陽光。

黃瑩唱完歌，匆匆謝幕，左小龍的視線一直跟著黃瑩到了後台，他只恨視線不能拐彎。旁邊的學生們開始騷動了，他轉頭一看，嚇了一跳，後面已經圍了上千的未成年人，紛紛說道：

這個女人終於唱完了。

這個女人唱的是什麼啊。

這什麼歌啊，一點都不流行。

司儀又緩緩上台了，帶著神秘的笑容。學生們也開始按捺不住。司儀說道：下面這個議程，大家一定等了很久了，是的，這次波波印刷廠還爲大家請來了一位神秘的嘉賓，他就是，著名的作家和藝人，你們說他是誰？

說罷，司儀把話筒轉向台下的學生們。

所有的女孩子異口同聲道：郭！敬！明！

這三個字久久迴蕩在亭林鎮的上空。當天，所有鎮上的人都彷彿聽見了上帝的召喚。

台下的氣氛已經快要爆炸，有的女學生已經開始哭泣。

司儀道：讓我們再大聲地喊他的名字好麼，用我們的熱情把他召喚出來。來，一，二，三……

四，四，小四！

很多女孩把書捧在胸口，雙唇抿起，眼裡滿是淚水。

在腰鼓聲中，郭敬明登台了。他向大家揮手。人群裡的好多人開始嚎啕大哭，有人已經支撐不住，需要旁邊的人攙扶。有一個人已經暈眩，靠在左小龍的身上，左小龍低頭一看，長得不行，估計發育了以後還是不行，他連忙一躲，那人直接倒在了人堆裡。周圍所有人都在尖叫，左小龍發現，他被困住了，幾千個十五歲以下的女孩在他身邊湧動，只可惜他沒有戀童癖，否則假裝郭敬明的讀者參加這種活動一定很滿足，而且怎麼亂摸亂蹭估計都沒有人計較。因爲她們有……同一個世界，同一個夢想。

左小龍一直想看看這個明星是什麼樣子的，但無奈他怎麼踮起腳都看不見，後面的女孩子們也因爲沒看到偶像——應該是看不到偶像，顯得更加激動，紛紛往前湧動，左小龍被人浪推著走了好遠。他怕自己的手指再次被擠傷，所以高高地舉在頭頂，突然間，聽到了旁邊一聲嚴厲的喝斥：你爲什麼對著我們小四豎中指？

左小龍連忙自保道：我最喜歡小四了，我沒有豎中指。

說罷他把自己的左手收回來，趁人不注意，偷偷豎起了食指，連同中指在一起，組成一個V字，生怕放下面會被人群弄傷，只得擺在臉前，正打算說自己是要表達小四必勝的意思，突然間，那個女生打斷了他，道：哦，原來你也是非主流啊，對不起哦，我看錯了，那我們一起來支持小四吧，四殿！

左小龍馬上入戲叫道：我們永遠支持你！

說著馬上開溜了，在群眾運動的狂熱洪流裡，能自保的方式只有暫時噁心一下自己，然後找個人少的地方喘口氣。

台上只傳來了聲音：很高興來到這裡，這也是我的朋友黎波的印刷廠……嗯……今天還要帶給大家一個好的消息，就是我的新書的第一本，也就是《小時代》，要從這裡出廠了，這也是這個工廠開工印刷的第一本書，希望大家會喜歡。

所有人都掏出手機給自己的偶像拍照，還有人大聲給朋友打電話訴說此時的激動。鎮長和路金波同時走上台，禮儀小姐拿出一個木質的底座，上面有一個按鈕，等到所有的攝影機、照相機到位以後，他們三人同時按動了這個按鈕。

對於台下的女孩們來說，她們多麼希望這是一個炸彈的按鈕，這樣就可以永遠和她們的偶像定格在一百米以內的距離。按鈕被按下後，禮花齊放，氣氛到達最高潮，印刷廠裡的機器開始啓動，一分鐘後，流水線上就出來了第一本書，職工連忙送到台上。鎮長高舉著書宣布道：這是印刷廠的第一本書，也是亭林鎮向文化產業探索的第一步，正式地……出爐了！

他們三人高舉著這本書，一束聚光燈也打來。歡呼和掌聲響成了一片。將書放下來以後，郭敬明充滿愛戀地看著自己的作品，突然間他發現可能因爲時間倉促，這書的裝訂有點歪，便問旁邊的路金波道：你看我的這個《小時代》，是不是有點歪？

路金波忙著鼓掌，低頭隨意掃了一眼道：不要緊，這時代本來就是歪的。

左小龍花了很大的力氣才從人群裡掙脫出來，因爲黃瑩要走了。他繞到了後台，一看黃瑩沒在那裡，連忙又去了停車場，可他只看見了鎮長的車停在那裡，左小龍罵了一句狗日的，然後順便用自己的手臂把鎮長汽車的反光鏡撞向前方。但鎮長的車明顯要比那些阿貓阿狗的結實一些，左小龍的手隱隱作痛。他繼續往前跑，突然發現黃瑩正在前方轉角的一棵桃花樹下孤獨地發動她的小踏板。

左小龍怔了一會兒，想，這才是他心裡的明星。

黃瑩抬頭一眼看到了左小龍，道：怎麼了？

左小龍說：沒什麼。

這是他們的第一次對話。

左小龍上前一步道：我有點事要和你說，我送你回去吧。

黃瑩抬頭看著左小龍，問：你開車了？

左小龍說：沒，我開你的摩托車送你回去。

黃瑩仰頭大笑，說：你開吧。

左小龍開著黃瑩的小踏板慢悠悠啓程。下午的暖陽劈頭蓋臉地打在他們身上，左小龍覺得身體發熱，尤其是小腿，特別熱。這點是非常奇怪的，如果是大腿發熱，或者大腿根部發熱，那是人之常情，可是自己的小腿怎麼會發熱呢？但左小龍沒顧上看，他怕一切停車等波折都枉費了這大好春光。黃瑩在後面似乎也沒有搭理他的意思，但左小龍又不知道她在做什麼，所以狀態很不自然，還影響了他對小踏板的控制。兩人一路都沒有說話。到了人多的地方，左小龍更沒有什麼發言的欲望，黃瑩示意左小龍停車，說：我到了。

左小龍將踏板車停穩，憋了半天，說：再見。

道完再見以後，兩人分開。左小龍終於覺得自己喜歡上一個女孩了。當一個男人同時對兩個女孩子有好感時，他更愛誰決定於誰更不愛他。黃瑩只是左小龍迷糊記憶裡的一個天涯歌女，一個小範圍的明星，但是當這個人突然具象起來的時候，他立即痴迷不已。左小龍可能就是喜歡黃瑩的風塵，在他認識的姑娘裡，黃瑩一定是最風塵的那個。風塵是一種難以名狀的氣息，無論對於男的對於女的都有著瞬間的吸引力。男人喜歡風塵的女人，女人喜歡風塵僕僕的男人。泥巴就是左小龍停在車庫的一部好車，而黃瑩則是路過自己家門口的，那自然是路過家門口的要多看幾眼。這樣的姑娘就像永遠不會停留下來的一個物體，她需要的只是在某個地方停泊一下，加滿油繼續出發。出發到一個她自己都說不清楚的地方，直到機械故障或者零件老化，那就停在哪裡算哪裡了，然後你就只能修她，不能休她。

左小龍迷戀其中不能自拔。但他覺得自己在黃瑩面前會豪氣頓失，可能她見過很多的世面，而且成熟得很。左小龍覺得自己在黃瑩的心中一定非常幼稚，所以他決定自己必須要在這個鎮子有所作爲，而且他從來都覺得自己是應該有所作爲的，只是沒有人告訴他該做什麼，當他找到了自己的方向，那就不可限量。可找到方向是何其困難，因爲所謂的方向，並不是東南西北，而是把一個圓分成了三百六十度，他始終在尋找其中的一度，這一度就是他的方向。

左小龍突然間迫切地想要和泥巴見面，因爲在泥巴面前，他覺得自己可以大振雄風，好漢重拾當年勇。泥巴有多喜歡他並不重要，但如果泥巴眞不喜歡他，那對他一定是致命的打擊。他覺得自己眞賤，黃瑩似乎對他沒有任何的意思，而且那麼風騷，說不定已經當了媽，可是自己對她確實一往情深；而泥巴清純年輕，是啤酒肚中年男的垂涎，又那麼喜歡他，可自己始終找不到感覺。

左小龍深刻地想到，莫非是因爲泥巴喜歡我，所以我才不喜歡她，而黃瑩不喜歡我，所以我喜歡她，那我是多麼可悲的東西。

但左小龍突然更深刻地想到，莫非是因爲我不喜歡泥巴，所以泥巴才喜歡我，而某個男的喜歡泥巴，所以泥巴才不喜歡他？

左小龍在崩一個潰的同時，覺得他必須馬上見到泥巴，鞏固一下這感情，好讓某個喜歡泥巴的男子無機可趁。這兩個都是好姑娘，自己要把她們都留在身邊。

但左小龍突然想到，自己其實找不到泥巴，他不知道泥巴的聯繫方式。又是一個不知所終的下午，連接漫漫長夜，眞是讓人覺得荒蕪。

在這個時候，波波印刷廠正開始全負荷工作。事實上，它已經開始全負荷工作，開業那天也只是停工了一會兒而已，要不然哪能這麼快地印出一本書來。而且爲了豐富文化，波波印刷廠當下就和政府達成了一個協議，贊助亭林鎮的第一屆文藝比賽，並且設立波波杯。雖然波波杯聽著很像頒發給寵物的一個獎項，但這卻是亭林鎮最大的獎金額度，一等獎有五萬元，二等獎兩萬元，三等獎一萬元，而且還設立了最佳合唱團的評比，勝出的合唱團可以去參加更高級別的比賽。這個合唱團可以獲得兩萬元。其餘所有參賽的選手，都可以獲得神秘的禮品一份。文藝比賽在兩週後舉行，地點是亭林鎮大禮堂。屆時還有神秘嘉賓出席。憑藉本地居民身份證就可以參加。

這個比賽被當地政府大加重視，因爲這個比賽可以增加當地人的凝聚力，讓當地的居民以比外來務工人員高一個層次的文藝面貌出現。溫飽思淫欲，淫完搞文藝，如果這個地方的老百姓都很喜歡文藝，那這個地方一定是富裕的，衣食無憂的。

消息一發布，當地的居民也沸騰了，獎金很多啊。一年忙到頭也就兩三萬，但如果唱歌跳舞弄了個第一名，那就有五萬啊，這和著名歌星走穴賺外快一個價錢了，不濟一點也有兩三萬啊，最不濟，那也有個神秘的禮品。頓時，各個村民委員會，各個居委會，各個家庭都忙碌起來，開始想自己應該表演什麼節目。群眾從來沒有這麼不務正業過，但話說回來，這年頭，除了罪犯，誰在幹自己喜歡的事業啊，所以，錢就是正業。

亭林鎮的書記對這個文藝項目非常歡欣鼓舞，他特地開了一個會，在會上，亭林鎮的領導們悉數出席，他說：

啊，我們這個亭林鎮波波杯文藝大賽，是一個好事情，這充分彰顯了開放思路，勇於創新的精神。這個比賽，不僅可以促進亭林鎮的經濟，拉動內需，而且極大地豐富了群眾的業餘生活，在政府的引導下，他們充分發揮自己的特長，勇於表現、敢於表現、樂於表現，做到了人人有歌聲、家家有歌聲、村村有歌聲的全民參與，使得這個社會得到了長足的、長遠和長久的和諧發展，這個比賽對於防止我們的傳統文化流失有著重大的意義。我建議，我們要把這個比賽固定下來，年年搞，爭取搞成一個在全國範圍內都有影響力的精彩賽事、精品賽事、經典賽事。同時，在第一屆亭林鎮波波杯文藝大賽的同時，我們鎮上的招商辦，搞一個大型的招商引資活動，以賽招商，以賽會友，文藝搭台，經濟唱戲，強強聯手，共赴和諧！

書記都這樣說了，下面的人肯定不能怠慢。中國的官員和初中生一樣喜歡模仿，上級和領導就是他們的偶像，他們的舉手投足以及講話方式都會被下級們情不自禁地模仿。當然，下級是不會這麼承認的，他們肯定覺得，是領導的講話太具感染力，感染了他們。雖然，在正常人看來，他們的說話是最沒有感染力的，但在和他們同一體系的人看來，這些廢話的確是字字敲打在有志向的同志心上，這每一句廢話都是那麼廢，廢到整段話都可以全部刪除而不影響他要表達的意思，因爲他要表達的意思都在深情的一回眸中被大家領會了，書記說的話對於他們來說是很有價值的，充滿了信息，而且口才斐然。書記是喜歡用排比句的，他的排比句用得出神入化。別人用排比，都是層層遞進，而書記的排比句，充滿了無產階級的關懷，沒有任何的階級之分，那完全是三個同義詞啊，意在強調再強調，當然，還有一個重要原因是這樣一說就能給自己省點腦子，想想接下去該說什麼，當然當然，最重要的是，在書記還不是書記的時候，他的領導就是這麼說話的。

鎮長接著站起來說：

書記說得很好，這個比賽，是最近亭林鎮的第一大事，頭等大事，首要大事。在這裡，我宣布籌備委員會的成立，委員會的名譽主席當然是我們的苟書記，另外，還有波波印刷廠的董事長路金波，以及區文聯的副主席鄭主席。執行主席嘛就是我，秘書長是鎮文化站的楊站長，楊站長，你就要辛苦一點了，主要的籌備都要由你來負責了，另外，派出所的牛所長對這樣的大型活動也有很多的經驗，他可以幫到你。副秘書長是鎮有線電視負責人施主任，他是這方面的積極分子啊，可以協助大家做很多事情啊，籌委會的委員有……

布置完畢任務，鎮長隱約覺得自己說得不爽，一方面他沒有脫稿，畢竟這麼多人記不住，最關鍵的是，由於文體的限制，他只說了一句排比句，實在是憋得慌。

待籌備會議開完後，鎮長又召集招商稅務城建土地等部門秘密開了一個會議，會議的大致內容是：

這次的招商大會一定要招來有大影響的企業，像這次的波波印刷廠一樣，亭林鎮一定要做大，做全國最大的項目，亞洲最大的項目。比如在廈門被停工的ＰＸ項目，就可以招到亭林鎮嘛，有污染可以治理，沒有污染就沒有政績，沒有污染就沒有進步，ＰＸ太顯眼那就改個名字麼，叫ＸＰ有什麼不好麼，人家還以爲是做軟件的麼。在政策上，要寬鬆；在稅收上，要在特殊的政策下再給予政策，吸引這些大公司過來；在土地上，要做到事先平整，亭林鎮的鄉鎮格局很不合理，農民住房分得太開，很不利於開發，尤其是大規模開發，你讓那些大企業來這裡，一看拆遷工作難以進展，就會打退堂鼓，所以要做到提前規整，先做出一個工業園區，但因爲現在上面不讓自己搞工業園區了，那就暫時叫工業園地。拆遷工作一定要做好，要告訴農民，集體利益大於一切，做釘子戶可恥。

對於釘子戶，要採取定點污染的辦法，就是在他們的村旁邊建設小型化工廠，風向和排污方向一定要面對這些釘子戶，並且可以給這些化工廠在環境監測上給予放寬，因爲他們是在爲集體的利益服務，捨小局爲大局。這樣，撐不了一年，他們就會主動要求搬遷。但是搬遷過程中各位同志一定要注意，不能讓農民們全部都搬遷到城裡去，因爲這樣一來，我們的外來務工人員就沒有地方住了，我們要找一塊最沒有經濟效益的土地，做成農民新村，就是說，把沒有搬到鎮上的農民全部都挪到這個村裡，這個村的房子一定要規劃好，不能像以前那樣東一個西一個了，最好是統一格局五百米一棟的連排，隔十米再一排，這樣挨得緊一點，熱熱鬧鬧的，鄰里關係也好，也便於政府管理。這個村就叫和諧村吧。整個動遷工作要在一年內完成，亭林鎭要爲建成亞洲最大的工業重鎭做好準備，當人家還要拆遷時，我們已經準備好了，這就是我們的優勢，這就是我們的遠見。波波印刷廠就是一個例子，要不是當時提前把這片土地規整出來，說不定這個項目就不能馬上簽訂。只要是亞洲最大的項目，我們就一定給予極大的寬大的政策，讓它形成效應，帶動其他項目。

還有，在拆遷過程中，在黃花村找一個房子，不要拆掉，但人要搬掉，做成一個故居和文化遺址，以及學生文化思想教育的基地，找個雕塑家，讓他隨便雕一個女人，就說是黃小花的雕像，再找一個作家，題幾個字。在抓經濟的同時，文化不能丟啊。

布置完任務，大家都紛紛誇獎鎭長有魄力。鎭長笑道：還不是爲了老百姓。

這個文藝比賽直接導致左小龍的合唱團早產。左小龍是眞的喜歡合唱團，他從小最迷戀的就是交響樂團以及合唱團的指揮，棍子一揮，人非但不跑，而且還齊刷刷聽他的要求做。而且指揮是唯一一個所有時間屁股對著觀眾但是能獲得最大尊重的職業。左小龍多麼希望有一天，全部人可以給他鼓掌，叫喊他的名字，讓他做某件事。到了這個時候，他必然在眾目睽睽之下，不讓群眾失望。

大帥的日子過得似乎很渾噩，左小龍已經給這個人定義了——安於現實，不思進取，害怕生活的改變，不會有太大的出息，總而言之一句話，就是對不起他的名。但好在他姓莫。左小龍對大帥的毫無野心非常喜歡和放心，和這樣的人合作，也不會擔心有一天人家篡權奪位。

在左小龍去看印刷廠開張的時候，大帥已經悄悄地拉了一個小學生來。左小龍回到雕塑園，突然看見大帥拉著小學生在一片雕塑裡，小學生正坐在一匹石頭做的馬匹上。左小龍滿心歡喜，端詳半天，問道：你是男生還是女生啊？

小學生毫不理會，繼續想像自己在騎馬，屁股在馬背上騰挪。突然間，他啊地叫了一聲，然後紋絲不動。

左小龍笑道：原來你是個男生啊。

莫大帥問道：你怎麼知道的？我還一直以爲這是個女的，你看多文靜。

左小龍轉頭瞄了大帥一眼道：你沒看見他剛才的表情麼，典型的男性的表情麼。

大帥繼續傻問道：什麼表情啊？

左小龍看著大帥，搖了搖頭，道：就是自己的腿壓到了自己的蛋蛋的表情麼。觀察，你這樣在社會上不注意觀察，是很容易被害的。

左小龍把學生從石馬上抱下來，問：你叫什麼名字啊？

小學生沉默不語。

左小龍推了推大帥，問：你帶來的，你問問他。

大帥說：我也問不出來，我在路上走，看見有個初中生在問他要錢，我上去就把那王八蛋嚇走了，我說，小弟弟，你是個弱者，來加入我們幫派吧，加入了我們幫派，以後就沒有人敢欺負你了。他就來了。

左小龍略微生氣道：你沒完全理解我的方針，你這個是黑社會。我說的是合唱團，我這個是藝術，是藝術搭台……

左小龍說到這裡突然覺得自己最近聽多了官方演講，也開始喜歡搭台了，但怎麼琢磨都是藝術搭台黑社會唱戲。

小學生依然不說話。左小龍覺得不能嚇到人家孩子，循循善誘道：小弟弟，不要怕，以後哥哥會保護你的。你現在有組織了，你的組織就叫亭林鎮合唱團，我就是你的指揮，我叫左小龍，你旁邊那個就是你的團長，他叫莫大帥。

大帥打斷左小龍道：小龍，這樣不大好吧，我是團長，我的職務還比你高。

左小龍說道：不要緊，我是團書記。

小學生張大眼睛看著左小龍和莫大帥，一臉懵懂。左小龍決定要先從鼓勵入手，這樣才能拉攏人心，他說道：好。你這樣的表情很好，在以後我們的歌舞表演裡，你就是要這樣的表情，純眞無邪。這樣，小弟弟，我們簽訂一個合同，你就加入亭林鎭合唱團了，你是我們合唱團的第一個團員！恭喜你！我們歡迎你！

大帥在旁邊鼓掌，左小龍從房間裡拿出一張紙，說：小弟弟，你把你的名字和資料寫在上面，寫個很簡單的入團申請書，然後簽字畫押就行了。

大帥在旁邊用胳膊捅了一下左小龍道：畫押是不是不太好啊，人家緊張。

左小龍說：不要緊的嘛，你是壞人麼？

大帥在旁邊直搖頭。

左小龍道：你看，你不是壞人，這就說明我們都不是壞人。那怕什麼呢？我怕我們的合唱團人一多，人家說三道四，我這樣一來就正規了。

小學生在旁邊依然仰頭看著他們。

左小龍說：你簽個你的名字吧。

小學生拿起筆，歪歪扭扭寫道：爾一。

左小龍一看大喜，拍著紙說：你看你看，姓爾，這就是藝術家姓名，你看，你叫爾一，我叫左小龍，我們兩個連名字都差不多，這樣，你就是我左小龍的弟弟了。

大帥在一旁使勁想兩人的名字到底差不多在哪裡。

左小龍道：來，弟弟，你畫個押。

小學生在旁邊咬了半天鉛筆，然後徐徐開始在紙上畫了一隻鴨。

左小龍和大帥看著這隻鴨子，呆了半天，大帥道：算了小龍。

左小龍把紙折疊起來，放進自己的口袋，說：小一啊，小龍哥哥教你唱歌好不好？

小學生還是不言語。

左小龍從屋子裡拿出一支香，說：從今天起，我們就是結拜的兄弟了。我們燒香為盟。走，跟我來。

三人在雕塑園裡穿梭半天，終於來到了孔子的人物雕像前。這具孔子像高一米多，屬於這個園子裡的袖珍雕像。左小龍三人走到孔子像前，並排站好，左小龍上前一步，把香燃了，說道：今天我們在我的偶像關公前結拜兄弟，古有桃園三結義，今有雕塑園三結義。關公有情有義，是我左小龍欣賞的人，這個雕像我更加喜歡，關公不拿刀，說明他也已經不要打打殺殺，我們也要這樣。關公，也叫關羽，他最感動我的就是……霸王別姬。

說罷，左小龍帶頭把香插到了孔子身上的裂縫裡，後退三步，鞠了一個躬。鞠躬完畢後，左小龍道：那我們就從現在開始訓練。

雕塑園裡的植物在春夏之際長勢最茂盛，雕像們漸漸淹沒在逐漸瘋長的植物中。才過一週，左小龍再去拜孔子就有點找不著了。在這一週裡，他們接受了一個殘酷的事實，他們遇到的小學生爾一是個啞巴。左小龍卻是最啞巴吃黃蓮的一個人。但因爲他心中的合唱團實在人少，所以就算是啞巴也得用上。在一個合唱團裡啞巴怎麼用的確是個大問題。突然間，左小龍想到了一個點子，反正自己是屁股面對著觀眾，那就自己開口唱吧，讓啞巴假唱就行了。

一個合唱團只有這麼一點點成員是不行的，而且現在找來的第一個成員還是一個小啞巴，只能用奧運開幕式的唱法才行。比賽就在兩週後舉行，現在連合唱團要唱的曲目都還沒有眉目。左小龍正煩惱著，突然想起自己的摩托車應該修好了，馬上奔向修車鋪。老闆已經將摩托車擦亮，停放在角落，與此同時，還新進了一台杜卡迪的六九五，放在店的正中。這是左小龍第一次看見杜卡迪，不由雙眼放光。但很快，光芒暗淡下來，左小龍覺得這摩托車一時半會兒還不會是自己的，腦海中的念頭瞬間停止，連擁有的欲望也馬上消失。左小龍覺得，人生樂趣在於，不光要實現自己的夙願，還要實現自己的閃念。但是當閃念明顯實現不了的時候，別讓它再閃就是。對於摩托車是這樣，對於女人也是這樣。

左小龍騎著他的摩托車上了街，這世界一時間變了模樣。按理來說，蝙蝠俠脫下了黑衣就是俠，而左小龍的心中，那就是蝙蝠。所以，這黑衣很重要，甚至和本尊一樣重要。新的發動機需要磨合，左小龍只敢小心控制油門。新發動機和老發動機簡直是……一模一樣，這就是日本人造的東西，反正也給不了你什麼驚喜。從下午一點到三點，他都在圍繞著亭林鎮兜圈，合唱團和如何還上泥巴墊付的錢都在九霄雲外。

在繞到第九圈的時候，他突然發現泥巴站在路中間。兩人有一段時間沒見，一時間不知所以。在電影裡，應當是他們互相凝望停滯，周圍人流如梭。但亭林鎮上的人太喜歡看熱鬧了，整個畫面就像是截屏一般全部靜止。所有人都看著這兩人。

左小龍說：泥巴，謝謝你。你怎麼知道我在這裡。

泥巴說：我聽到發動機的聲音了，我認識這個聲音。

左小龍道：上車，走。

泥巴一下又意亂情迷。左小龍的每一個步點都踩在她的節奏裡。她二話不說爬上摩托車，抱住左小龍的腰。最後的春風吹過他們的頭髮，他們騎著摩托車遊蕩在郊外溫暖的有毒氣息裡，呼吸著充滿化工異味的空氣，順著五顏六色的河流，一直開往南方。往南方那是因爲……人群擁擠道路改成了單行道，所以暫時只能往南邊開。恰好風往北吹，空氣逐漸清新，呼吸到無味的空氣，反而讓人有醉意。他們到了一個新的小鎮，叫天馬，這裡正好不在污染的風向裡。左小龍把摩托車停下，讓泥巴下車，兩人到路邊的麵館裡要了雞蛋麵。麵館裡只有他們兩人。老闆娘把雞蛋麵端上來後，說：這雞蛋好，這是我們這裡的土雞蛋，純天然。你們是亭林鎮來的吧？

左小龍邊攪和麵條邊問道：你怎麼知道？

老闆娘說：你看，你們的頭髮上都有綠色的灰。

泥巴馬上看著左小龍的肩頭，發現果然有一層綠色粉狀物體。泥巴幫左小龍把灰撣去，笑道：你看你，眞像個綠毛龜。

老闆娘繼續說：眞是羨慕你們。

左小龍吃了一口麵，說：我們有什麼好羨慕的。

老闆娘說道：你們那裡有錢啊，你們還搞有獎晚會。

左小龍抹著嘴，說：什麼是有獎晚會？

老闆娘說：就是文藝表演第一名有五萬的。

左小龍說：哦，那是文藝晚會。

老闆娘說：就是有獎晚會。我們這裡就沒有，我們這裡政府不活絡，發展得不好，你看，大家還是一副……

老闆娘想了半天，只想到安居樂業這個詞，但她覺得這裡必須要有一個貶義詞，卡了半天還是沒詞，只好道：一副老樣子。你看，人也不多，我這裡生意也一般，要是我這個店開在亭林鎮，那多少外地人來吃啊。外地人又好弄，我澆頭也可以放少點。唱個歌還有五萬塊錢，我的老房子還可以收租，我這一年能多賺多少錢啊。

左小龍將麵吃完，道：你的蛋眞好吃。

走出屋子，泥巴依偎著左小龍，問：我們身上是什麼，綠油油的？

左小龍用手撫過都是工業灰塵的油箱蓋，說：是空中掉下來的。

泥巴問：有毒麼？

左小龍還沒來得及回答，泥巴突然間發現他的左手異常，問道：你手怎麼了？

左小龍把自己的中指往下垂，道：受了點傷。

泥巴問道：怎麼回事，重不重，怎麼傷的，讓我看看。

左小龍發動了摩托車，泥巴上車又抱緊。旁邊汽車站上等候的摩托車黑車司機們紛紛吹起口哨，泥巴惶恐地看著他們。左小龍道：不要緊，他們只是起鬨。

左小龍慢慢將摩托車駛出，在旁邊的黑車司機上下打量著泥巴，把左小龍也當成是自己的工友，趁泥巴看向別處，偷偷握拳在胸口揮動了一下，向左小龍表示祝賀。

左小龍向他一笑，也回以同樣的動作，表示都是開摩托車的人，都是哥們兒。

忽然間，黑車司機激憤了，他無法理解為何他友善的好意換來的是左小龍無情的豎中指嘲諷，頓時發動起摩托車，對著周圍的人說：那亭林鎮來的小癟三向我們豎中指。

周圍黑車司機頓時被引爆了，道：亭林鎮來的就跩啊，追上去，揍！

左小龍一聽周圍都是引擎聲，估計自己也解釋不過來，連忙擰油門就跑。後面七八部摩托車緊緊追著。左小龍的摩托車帶了一個人，極速有所下降，最快只能到一百二，但後面的摩托車排量更小，而且車況不佳，雖然占了重量的優勢，但順風下坡極速也只能到一百一，他們只能百爪撓心地目送左小龍以微弱優勢遠去。在亭林鎮和天馬鎮的界碑處，他們把摩托車停了下來，灰心地感嘆道：亭林鎮連黑車都比我們的要快啊。

左小龍以極速開了十幾公里，終於到了亭林鎮界內，回頭看對手已經沒有追擊的意思，突然間引擎又是一陣突突，車突然熄火，緩緩滑行，停在路邊。左小龍臉色發白，突然想起來新的發動機還沒磨合好就這麼開極速，該不會是……他下了車，呆呆地看著，問泥巴：泥巴，會不會……會不會又爆缸了？

泥巴也是一頭霧水，爆缸對她來說是個全新的詞彙，在初見左小龍的時候已經認識到了，再見左小龍又遇到這個情況，她正在反應是不是摩托車每騎一次都必須要爆缸。

與此同時，在五百米開外的天馬鎮摩托黑車司機們正看著左小龍把車停靠在路邊，一時間爭議四起，討論了一分鐘，結論是：有陰謀，不能去。你一追，他又跑，我們又跑不過他，被調戲，更沒面子，說不定前面還有他的兄弟們埋伏，要不然也不敢公然停車，我們不能中計，跑。

方針既定，這些摩托車們調轉車頭，紛紛離開。

泥巴看著疑惑地問道：他們為什麼不追了啊？

左小龍此時心中根本沒有這事了，焦慮地看著自己的摩托車，順口說道：他們怕我。

泥巴不知道事態的嚴重，繼續追問道：那你怕什麼？

左小龍站起身，說：我怕爆缸。

泥巴走上前去，安慰道：不要緊，不會的，你看，這次和上次不一樣，這次沒有爆，那就是沒有爆缸。

左小龍說：那就是內傷了，叫拉缸。泥巴頓時心生崇敬，她就是喜歡機械知識豐富的男人，她覺得機車的學問真大，開不動了還分爆缸和拉缸，她問道：那哥哥，爆缸和拉缸哪個更好呢？

左小龍有點不耐煩，但突然想到這台發動機是泥巴墊的錢，頓時口氣發軟，說：小妹妹，都不大好。

泥巴看見左小龍表情沮喪，只好安慰道：哥哥，不要緊的，我想一定會是拉缸的。你一定不會爆缸的。

左小龍無奈道：泥巴，不管是哪種，發動機都沒用了。

泥巴一下緊張起來，問道：那是不是我們又不能見面了？

左小龍沒過腦子，說：嗯。

泥巴不高興道：你是故意的麼？你每次見我都把你的摩托車弄壞，你不想見我麼？

左小龍沉默不語，恨不能說：你還沒我的摩托車重要，怎麼可能爲了不見你把摩托車弄壞。

泥巴說：對不起，我們快看看怎麼把這個摩托車修好吧。

左小龍已經有點徹底絕望。

泥巴繼續催促道：哥哥，你快看看，我等你，我不說話。

左小龍雖然對摩托車的機械原理完全不懂，但就好比汽車拋錨以後，所有男人都會打開引擎蓋一樣，左小龍對著自己的摩托車前後左右轉了幾十圈，突然間，他明白了，頓時雄風大振，對泥巴說：泥巴，走。

泥巴問道：修好了麼？

左小龍笑道：不要緊，我再推。

泥巴問道：是什麼壞了？

左小龍道：沒油了。

當他們把摩托車加滿油，初夏的夜色都已經降臨。左小龍坐在摩托車上抽菸，泥巴則去小賣部買水。看著泥巴的背影，左小龍想道，自己對這樣的一個漂亮姑娘究竟是什麼樣的一種感情。雖然這個問題想過很多次，但都沒想明白，只知道和她在一起很輕鬆，因爲在泥巴的心中，左小龍就是一個英雄。左小龍希望，這個世界由泥巴構成。

相比和黃瑩相見時候的沒有信心，左小龍覺得以後在自己見黃瑩前後都要見泥巴，第一次是創造信心，第二次是恢復信心。左小龍想，這麼好的一個姑娘，自己爲何就是喜歡不起來呢？答案是，先泡到黃瑩再想這個問題。

在送泥巴回家前，他讓泥巴買了一套信紙和一支筆，泥巴滿心歡喜。送別泥巴後，左小龍在夜色裡回到了雕塑園的屋中，打開燈光，各種飛物在腦袋上盤旋，硬殼昆蟲不斷撞擊著玻璃窗，他將跳進屋內的癩蛤蟆扔到了外面，決定要給黃瑩寫一封信。信的內容假裝是，邀請黃瑩參加自己的亭林鎮合唱團，表示他個人對黃瑩的欣賞。

攤開紙，左小龍頓時驚訝了一下，泥巴買的信紙上印著一個圓乎乎的動物，下面寫道：我是比卡丘。

左小龍頓時靈感全無，注視信紙半天，他覺得，黃瑩那麼成熟的姑娘，信紙上怎麼能有一個卡通圖案呢。他決定放棄這一張，看看這套信紙裡有沒有合適做爲邀請函的。抽到第二張，他還是腦袋一大，這次是一堆圓乎乎的動物，寫道：歡迎加入比卡丘家族。

後面的信紙就是這兩張的不斷重複。左小龍徹底絕望，但翻看四周，沒有任何一張紙片可以寫東西。他想，要不把信封拆開，寫在裡面，但很快，他自己推翻了這個想法，因爲他能想像黃瑩倒了半天倒不出任何東西來，就把信扔了。他開始研究能不能把那些圓東西裁剪掉，但是這次，他看到原來這些圓球還是信紙的隱約背景，還有大大的龍貓兩字四處淺淺顯出。左小龍不想再耽誤時間了，因爲文藝比賽馬上就要開始，而這夜色和燈光也正是寫信的好時候。他決定，就著信紙的主題開始寫信，順水推舟，這樣可以讓開場的氣氛顯得很輕鬆，自己的文采也好些。雖然他從小就不大會寫東西，小時候也最恨作文，但這次，他突然覺得，自己有了表達的欲望。他想道，小時候寫不出東西可能是因爲老師從來沒有給他一個東西讓他寫，而現在，他終於找到了這個東西。

鋪開信紙，左小龍打算就從比卡丘入手。他寫道：

你好，黃瑩。我是左小龍，也是波波印刷廠開業那天，開你的摩托車送你回家的那個男人。很抱歉這是我隨手問我妹妹要的信紙。但其實很有意思。比卡丘是愛神，可是這信紙上，比卡丘之箭不知道射向了哪裡。可能信的地方就是箭的地方。

說正事吧，我想組建一個亭林鎮合唱團，雖然我們要去參加兩週後的比賽，但其實我從來沒有想過我們的合唱團是要去拿獎金的，我想讓它成爲一個眞正的合唱團，可以在全國甚至全世界演出。我從小的理想是做一個很好的指揮，我想，從我看見你第一次表演的時候，我就非常欣賞你，你的聲音和舞台感染力是我們最缺少的東西，如果有時間，我們見面談。

希望我們合作愉快。

寫完，左小龍反覆看這信裡有沒有錯別字，然後將「我從小的理想是做一個很好的指揮」中「的理」二字塗掉了。他覺得，可能沒有人願意用他人的理想在自己身上做試驗。把信封好，已是半夜十二點。他把摩托車推出，怕吵醒大帥，往前推了一百米，發動以後扎入夜色。夜晚的亭林鎮人煙稀少。他將摩托車開到郵政局，投進了郵筒。在信封上，他只寫了「黃瑩收」。因爲給黃瑩寫信的人多，所以她不需要地址，這是這個鎮上的人都知道的事情。

把信投出，左小龍心裡舒服了很多，他的人事已盡。此時的左小龍滿腦子都是黃瑩，已成心疾，對於黃瑩，眞是：得之，我幸；不得，我病。

回到了雕塑園，到了後半夜，左小龍依然無法入眠，他一直想像著這信的作用、命運的各種假設，睡意已經徹底遠去。他打開電視機，想看看球，說不定就看睏了。在屏幕裡的圖像還沒成像的時候，聲音先傳了出來——比卡比卡比卡球……左小龍睜大眼睛看了一集，回想良久，突然間叫出了聲，操，完了，原來愛神是丘比特。想罷，他悔恨不已，但信已寄出，醜即將出，一切已經無法挽救。抓了幾分鐘頭髮，左小龍突然想出妙招，開著摩托車往鎮上疾馳去……

清晨起床，大帥對於雕塑園裡自己的屋子前一夜之間多了一個郵筒很不理解。左小龍此時扛著一把斧子來了。大帥還未及開口，左小龍就開始用斧子撬投信口。大帥問道：你在做什麼？

左小龍顧不上抬頭，說道：我昨晚給黃瑩寫了一封信，有個地方寫錯了，我得把信取回來。

大帥疑惑道：那你再寫一封不就得了。

左小龍揮汗道：不行，這第一印象很重要，要不然我們合唱團的面子往哪裡放。

大帥問：你到底寫錯什麼了？

左小龍說：你別管了。快來幫個手。

大帥連忙跑回屋，取出工具盒。兩人忙乎了半天，終於把郵筒給打開了。左小龍從幾百封信裡開始挑選自己寫的那封信，剛找到卻突然發現還有一封是寫給他自己的。他詫異地舉起信，猜測半天，突然想到應該是泥巴寫給他的。寫信這樣的事，在這個年代裡，只有文藝的陰魂未散的人才能幹出來。左小龍把泥巴寫給他的信丟在一邊，嘀咕道：誰他媽還寫信啊。他連忙把自己寫的信拿出來塞在兜裡，剩下的信找了個塑料袋捲在一起。左小龍發動了摩托車，準備離開，突然看到地上泥巴的信，他俯身把信撿起，對這信說道：你直接給我不就行了麼，非得跑郵局寄信，這不還是等於直接給我麼。

左小龍開車拎著塑料袋去往鎮上。撲面的熱風告訴人們，最美好的夏天到來了。

左小龍心事重重地開到了郵局門口，發現原來郵筒的地方放了一個桌子，桌子上放了一個捐款箱。他停下摩托車，覺得自己手裡的一大包信塞不進這個捐款箱，想還是給櫃檯吧，別耽誤了人家有正事的。但左小龍轉念一想，覺得有正事的應該也不會寫信，心裡舒坦了一點，把塑料袋捧在手裡，開始在腦海裡編造撿到這些信的理由。突然間，一輛摩托車從他旁邊高速掠過，騎手搶過左小龍捧在手上的塑料袋，高速離開了，只剩左小龍一個人孤零零佇立在原地，豎著中指目送騎手遠去。過了幾秒，左小龍反應過來——媽的遇到搶劫的了。想平時自己看了很多軍事書籍，對於偵查和反偵查一直自以爲是，結果給一個蟊賊給搶了。而且此時蟊賊已經消失在蜿蜒的南方街道裡，完全不知去向。左小龍對著他離去的方向暗自罵王八蛋，也爲這些信的命運覺得憂傷。有可能這裡面還有很多情書，這賊偷了這麼多的情意，眞是作孽，有多少人可能因此不能在一起。如果兩人不能在一起，那——左小龍想到這裡不由神傷——那就換一個人在一起唄。

左小龍想去報警，但覺得這裡的警察效率不高，報警也無法抓住這個惡人，想想算了，但他記住了這個人的特徵——穿著白T恤。

正如左小龍的判斷基本上都是錯的一樣，這次左小龍又錯了。這個飛車賊因爲駕駛的摩托車超過排量沒有牌照，被交警部門攔下，摩托車被沒收，交警部門發現，他隨身攜帶的塑料袋有點可疑，在檢查的過程中，發現了數百封信件。很快交警隊長就到了，剛看到這麼多信件時就把這個案子往宣傳邪教組織方面拓展了一下，後來發現都是私人信件，聯繫起郵局的郵筒失竊，這個飛賊就被認定爲是偷郵筒事件的嫌疑犯。雖然疑犯拒不承認，但事實確鑿，抗拒從嚴。在審查過程中，某警員發現了自己的老婆給情人寫的信。在下一次的審訊後，鼻青臉腫的疑犯承認了自己偷竊郵筒，並且企圖當廢鐵出售的事實。因爲搶劫罪和破壞公共財物，該疑犯被判有期徒刑三年，剝奪政治權利一年，沒收作案工具摩托車和個人財產一萬元。未來的歲月中，在監獄裡，這個罪犯還受盡了其他罪犯的挖苦和凌辱，因爲……其他人都是被刑警抓獲的，而他是被交警抓獲的。

當然，左小龍不知道這些。

左小龍是一個喜歡判斷和預言的人，他厲害的地方在於不光光他的判斷不完全正確，而且完全不正確，甚至達到錯得離譜的境界。他看好的人，讚美的事，最後都是悲劇收場，而他看低的人，鄙視的事，最後都是皆大歡喜。但他從來沒有總結出自己的這個規律，只是偶感倒楣，他相信，英雄不一定英明，這世界只是沒有給他機會，讓他證明他的英雄能力。當然，這世界其實都是機會，只是這世界永遠不會點名而已。

走近鎭上的露天溜冰場，左小龍突然聽到歌聲。這歌聲氣勢洪亮，絕不是一個人可以發出。他推開鐵門，頓時被震懾，大約一百人正整齊地排列。這是好大的一個合唱團，他們正在練習一首……左小龍從沒有聽過的歌。正規的各個音部、和諧的聲浪彷彿把地上的灰塵都捲向了左小龍。左小龍環顧四周，媽的居然還有調音台、有喇叭、有話筒，媽的還有好多的……媽。這些媽媽都是童聲部分的兒童家長。還有一個指揮，他手裡居然還有一支眞正的指揮棒。

左小龍在旁邊聽了一會兒他們的歌唱，覺得雖然技術上面沒有任何問題，但是感情平淡，歌曲平庸，他相信，等他的亭林鎭合唱團搞起來以後，在情懷上至少不會輸給這個官方的合唱團。

他趁合唱團休息，上前搭訕道：你好，你們是……

一個渾厚的低音傳來：我們是亭林鎭合唱團。

左小龍黯然離開了溜冰場。他來到他的摩托車前，撫摸著儀錶板，擦去掉落在上面各種顏色的粉塵，突然想起褲兜裡泥巴的信，他展開信，上面寫著：

龍哥哥：

我今天很開心，給你買了信紙和筆，我知道你想寫信給我，可是我想先寫給你。從來都是我先的嘛。不知道會不會你比我早收到，不過一定會的，因爲你很懶的嘛。

哥哥，我給你的書你看過沒有？我知道你不喜歡看，那也沒有關係，我只是告訴你，你們的感覺很像罷了。因爲你們都喜歡騎摩托車。我第一次看見你騎摩托車的時候就喜歡你。我本來不應該這麼說的，但是你說我是你的女人了，我覺得我不該隱瞞你什麼。

最後，哥哥，我只是告訴你，我長大以後我父母不一定讓我留在這裡。他們說這裡是小地方，我們要向更大的地方去。但是我很喜歡這裡，因爲你在這裡。我不知道你在做什麼，但這都不重要，你只要帶著我就可以，你的摩托車有後座的哦。

最後，我給你畫了一張畫，但是沒有你的臉，只有你的背影。我眞的很喜歡上次我們在大霧裡開車，可是雖然我學繪畫很久了，還是不知道霧怎麼畫。

希望你可以常常來見我。我認識你的摩托車發動機的聲音，你知道我的學校，你也知道我的家，就是上次你送我回的地方。你只要擰一下油門，我就知道是你。不要擰太多了，小心爆缸哦，也不要讓我的爸爸媽媽察覺哦，我會馬上下來的。

最後，哥哥，我給你的摩托車起一個名字吧，我們叫她皇后號。你一定不喜歡這樣的名字，會想，爲什麼你的摩托車是個女的呢？因爲你是男的嘛。如果你的摩托車也是男的，那感覺好怪啊。我想多多看見你，多多多多看見你。

最後，哥哥，你開車一定要小心，我給你訂了一個好的頭盔，下週就可以到了，是用我的壓歲錢訂的哦，是我送給你的禮物哦。

哥哥，再見。

左小龍覺得這信看得跌宕起伏，從第三小節已經開始「最後哥哥」了，結果一口氣又憋了五個小節。他對著信若有所思，展開又看一遍，又折起，放在口袋裡，騎上摩托車，情緒被驕陽烤得委靡，耳邊男低音的「我們是亭林鎮合唱團」的聲音不停迴蕩。突然間，他看見國道被封閉了，很多警車設置了路障，不光有當地的交警，還有刑警、特警，甚至還有一些他從來沒有看見過的特種車輛，有環境監測，有中國核能，甚至有軍方的戰地消毒車。

左小龍把摩托車靠邊停下，擠到隊伍裡面，問道：發生什麼事了？

沒有人言語。

很快，警戒線又往外拉了五十米。突然間，空中傳來突突突突的聲音，一架直升機從高空慢慢下降，颳起的灰土頓時讓人視線模糊。很明顯，直升機降落得很著急，飛機駕駛員連地面效應都沒時間克服了，直接生硬降落在柏油路上，衝下來幾個外國記者，扛著攝影機往裡扎。突然從一輛民用車上面下來一個人，攔著他們，問道：你們申請權限了沒有？

外國記者答道：沒有，新聞自由是我們……

那人接著問：誰給你們開放領空的？

外國記者答道：我們用的是低空，我想低空……

那人把記者攔在外面，道：請回吧。你沒看見我們一個新華社的記者都沒有麼？新華社的記者都沒來，就說明這件事情不是新聞，不能採訪。

記者們重新爬上直升機，直升機爬升以後沒有返回，反而是進入到了警戒區域內。警戒區就是包括雕塑園在內的化工區，河流沿著公路，穿過雕塑園，一直匯入江水。突然間，劃破空氣的聲音傳來，一束煙花般的物體火速升空，直升機被擊中，但沒有解體，一切陀螺的平衡裝置都不工作了，直升機旋轉著跌落到地上。眾人震驚。

哇，RPG。左小龍心裡默默喊道。這是他第一次看見武器的發射，而且還是火箭筒。

大家左右環顧，都沒看見是誰發射的。有人說道：管他呢，那就是美國發射的。

這一切增加了左小龍的興趣，他知道有很多砂石小路可以繞進去，馬上發動摩托車往回開。路上，越來越多的人向警戒線跑去，消防車和救護車也在路上對向駛來。左小龍想，這該不是生化危機吧。這時，他第一個想到了泥巴，然後想到了黃瑩，最後，他想到了大帥。他想，大帥此刻在隔離區裡邊已經知道發生了什麼，真想問問他。

左小龍繞到了隔離區的另外一頭。在偵測的過程中，他發現這個隔離區其實是以亭林鎮上的龍泉河爲界來劃分的，但是隔離得非常嚴密，基本上每個路口都有武警把守。而且在國道的那一頭，隔離得更加嚴密。突然間，他聽到了零星的槍聲。左小龍不由自主覺得緊張刺激起來。發生了什麼，發生了什麼，發生了什麼，他滿腦子都是這個問題。實在忍不住，他問了旁邊的武警，到底發生了什麼？

武警回答道：我也想知道發生了什麼。

這時，對講機響了起來，道：不用開槍，不需要開槍。

左小龍越發覺得，出大事了。他決定從旁邊的小路上繞道進去。走到小路，他徹底失望了，依然有一個武警把守。突然間，他看見武警的腳邊跳過來一隻……一隻……一隻……一隻……

左小龍上前一步，仔細一看，是一隻綠色的青蛙——但是，好大。聯想起上次的小龍蝦變異，他終於明白了，又變異了。可上次的變異動靜沒這麼大，說明這次的變異局勢要大於上一次。左小龍頓時被足球大小的青蛙嚇了一跳，青蛙見左小龍一跳，跟著也是一跳，這一跳足有一米遠。左小龍連忙往後退，青蛙似乎也變得不再畏懼人類，徑直向左小龍跳去。這時候，政府的宣傳車開始緩緩開出，大功率的喇叭裡喊著：各位群眾，各位群眾，經過有關部門的鑑定，經過衛生部門的核查，這次亭林鎮出現的生物變大現象，屬於正常合理的物種進化，是由於地球的溫室效應所造成。經過專家的化驗，所有生物都沒有毒性，只是比以往大了一點。請群眾不要恐慌，請群眾不要恐慌。

左小龍頓時不再恐慌，想眼前這個，不就是個牛蛙嘛。他站起身來，青蛙頓時掉頭逃走。不遠處，剛才還在的武警已經不見了。他騎著摩托車來到國道上，發現一切都已經雁過無痕，他決定先回雕塑園裡看看。

到了雕塑園，只見滿地都是竹葉青。左小龍想大帥勢必是完蛋了，被這麼多劇毒的蛇圍著。但他覺得這些青蛇相貌憨厚，頭也不是三角形，倒是腦袋上還有一個鈎子，而且移動起來很緩慢。聯想起青蛙的比例，左小龍在腦子裡設定了一個倍乘，一除，終於弄明白，這原來是青蟲。剛想著，突然從天空中俯衝下來一隻老鷹，叼起一條青蟲就上天了。這是一隻好不英姿颯爽的老鷹，而且還有啤酒肚。左小龍突然間想明白，這是一隻麻雀。

左小龍站在原地感嘆著奇異的世界，一切都變大了，但唯獨人類沒有變異。或者有可能自己已經變異了。他連忙從車的反光鏡裡照了照，覺得沒問題，他想看看大帥是什麼模樣，叫了半天沒人，左小龍突然想起去瞎子劉必芒那裡待會兒。

在國道上，每個人都笑逐顏開，甚至有些人家裡還在放鞭炮。左小龍不知道發生了什麼大喜事。到了劉必芒的土菜館門前，發現波波印刷廠前聚集了大批人。他們每個人的手裡都拿著容器。

左小龍沒有理會，到包間裡找到劉必芒。劉必芒似乎也在等候左小龍。左小龍見面就對他說：你沒什麼變化吧。

劉必芒道：我還是瞎啊。

左小龍坐在沙發上，透過玻璃看著波波印刷廠，問道：你知不知道，這裡的東西……變大了？

劉必芒道：知道，我怎麼不知道，我是第一個知道的。

左小龍問道：你怎麼知道？

劉必芒嘆氣道：每天我這個店都要收土雞，以前收一隻土雞是三十多塊，今天收一隻土雞要三百多塊。

左小龍一時沒會意，問道：是不是都變異了，土雞就少了，價格就炒高了？

劉必芒又嘆一口氣，道：不，土雞也變大了嘛……左小龍突然間覺得房間裡有點陰冷，問道：那……怎麼辦。

劉必芒道：我是遺憾啊，我活了一輩子，沒見過這麼大的雞，聽說什麼都變大了，我把我媳婦叫來，一摸，哪都沒大，心想，還好，人沒事。但你說這東西突然間變這麼大，它能吃麼？我覺得不能吃。你敢吃麼？

左小龍道：我看大家吃，我就吃。

劉必芒連忙站起來，道：不能吃，不能吃，肯定不是好東西。你今天沒事，難保以後沒事，只要還有正常大小的，那就吃正常大小的。反正我是接受不了，這世界變太快了，今天這樣，明天那樣，我一個瞎子都受不了。眼不見爲淨啊，眼不見爲淨啊。

左小龍道：成，那我也不吃了。除非這世界全都變了。反正我看著也覺得彆扭，今天老子還差點被一隻青蛙給欺負了。只是，這動物是怎麼一夜之間變大的呢？

劉必芒指了指窗口方向，說：我聽說了，是這個印刷廠。前幾天，有一個暢銷書作家，要印一批書，他指定要用特種的紙張，據說這是全世界第一次用這個特種紙。你不知道吧，這不光是一個印刷廠，你看哪個印刷廠能開這麼大，它還是一個特種紙的造紙廠，要不然每天都往這裡拉木頭呢。結果，這批特種紙造出來，書還沒裝訂好，就出事了。後門排水溝裡排出來的水有問題，到了龍泉河裡，只要是動物一接觸到，就變大了。

左小龍問道：哪本書？

劉必芒往桌上一指，說：這本書啊。

左小龍拿起一看，是韓寒的《毒》，看罷往沙發上一扔，道：是夠毒的，我料定，這人肯定也不是什麼好東西。還搞出這麼大一檔子事，相比之下，上次來我們這裡剪綵的那個小作家，我就覺得不錯。你一個寫東西的人，搞這麼多事情做什麼，把讀者哄哄高興不就可以了麼。我覺得他倒是前途無量。

劉必芒只恨自己沒有看過，不好發表評論，道：現在亂了，雞都跟火雞一樣大，我都沒想好這飯店要怎麼弄。老百姓倒是高興得不得了，他們自己養的東西一夜間都增值了，而且估計這裡又要搞特色旅遊和特色餐飲了。反正我不搞，這不是這裡的特色，這裡的特色我他媽的天天都在做，我做的才是這裡的特色。

左小龍上前安慰道：想開點，新特色。

劉必芒情緒失控道：哪有這麼多的新東西，哪有這麼多的新東西，該新的不新，不該新的亂新，我他媽……

左小龍眼看劉必芒逼近爆炸，趕緊把他按在沙發上，說：來來來，別急，我給你講講這個鎮上最近發生的事情。

劉必芒喝了一口水，道：講，講。

左小龍坐定，緩緩說：這個鎮上要組織一個文藝比賽，這個比賽獎金很高，很多人都在唱歌。

我也要參加這個文藝比賽。

我要辦一個亭林鎮合唱團，但是被別人辦掉了。

我的合唱團招了第一個團員，結果是個啞巴。

我的摩托車修好了。

這個鎮上的郵筒被人偷了。

飛車賊越來越多了，我也被搶了一次。

有個畫畫的姑娘很喜歡我，她還太小，我都沒敢問她幾歲。有個女的很有風韻，很成熟，我很喜歡，我想拉她到我的合唱團來。

這個鎮上的當地人越來越少了。

我的溫度計廠最近接到一個大單子，生意開始忙了。我又增加工作量了，我一次可以驗十六支溫度計，如果是個女的，我想就能驗二十支了。

這個鎮上的溫度越來越高了，出門你就知道是夏天了。你不要老不出門。出去曬曬太陽，逆著風向走，走出這片工業區，你就可以聞到味道了。

這個鎮上的環境越來越差了，有綠色的粉塵從天上掉下來。

你旁邊的農宅開始拆遷了，這次給兩百塊錢一個平方。鎮上的房價漲到四千了。你旁邊會再開一個化工廠。

我把我寫的信收回來了。我收到一封信。

就這些。

劉必芒聽完後，心情平緩，說：雖然都不是什麼好事情，但沒有什麼事情比小龍蝦變成澳洲大龍蝦更壞了。

這時，一個服務員興沖沖跑進包廂，抓著一隻巨大的龍蝦，上氣不接下氣道：老闆，老闆，好事啊，我們店後面撈起來的龍蝦比澳洲龍蝦還要大了，你看這個……哦……你摸這個，有半米大啊。現在那些外地人都去拿網撈龍蝦了，還有人在釣，可是都釣不起來啊，我要不要趕緊把員工叫起來抓，我們就發了。

左小龍忙用手示意那人趕緊出去。劉必芒站起來，厲聲道：出去，都不准抓。員工白了劉必芒一眼，悻悻關門出去。

劉必芒激動道：左小龍，你看，這就是價值觀，這就是價值觀。我們的價值觀爲什麼一定要用價值來衡量呢。這個世界天天在變，我們就不能不跟著它一起變麼。我這幾天在聽電影，電影裡說，他就像這個世界，這個世界是不會變的。我雖然看不見，但是我覺得他說的不對，我們什麼時候安穩過了，我剛剛熟悉了這樣，世界就要變成那樣，我不喜歡那樣，世界就不讓我這樣。這世界分分秒秒在改款，我就是這世界的對手，等我推出了新款的自己，它又改款了。我天天瞎在店裡，都感覺那麼明顯，你天天在外面睁著眼睛，你不會沒感覺到吧。我的土雞做得很好吃，我天天都吃我的特色土雞，吃了十二年，沒有膩過。可是現在的人，才吃了三頓，就對我說，老闆，你的土雞很好吃，可是有沒有新口味啊。既然好吃，那還要吃什麼新口味呢，我每天給你一個新口味，那肯定說明原來的不好吃嘛。這世界就是土雞，不變最好吃。

左小龍道：老闆，可是我們在的地方，一直沒有找到你土雞的配方。

左小龍告別了劉必芒，劉必芒站在店門口向他揮手。今天他的店明顯要比往日蕭條，人們一定在家裡享用大動物帶來的新美味。店門口的音響裡放著〈初戀的地方〉，夏日的微風拂來，劉必芒的中式長袖在風裡舞動，他一直向著門口揮了兩分鐘的手，直到左小龍的摩托車發動，劉必芒才意識到揮錯了方向，他又轉身朝左小龍的方向繼續揮手。左小龍大聲喊道：不要揮手了，你回去吧。

這聲音被掩蓋在泥巴買的引擎的運轉聲裡，沒有人能夠聽見。但這裏滿夏天味道的女聲卻穿透了機械的轟鳴。

我記得有一個地方／我永遠永遠不能忘／我和他在那裡定下了情／共度過好時光

那是一個好地方／高山青青流水長／陪伴著我們倆／初戀的滋味那麼甜／怎不叫人嚮往

劉必芒反覆哼唱著這首歌，不見光明的眼角流下眼淚。一批批人拿著網兜和腳盆從他的眼前喧鬧跑過，他們跑到河邊喊著：只有本地人可以抓，只有本地人可以抓，這條河是屬於本地的，外地人不能抓。

一個外地人拿著地圖，跟隨著人群，邊跑邊說道：你這條河是從安徽流過來的，我是安徽人，我能抓。

同行的還有一個河南人，他嚷道：俺也能，俺也能，俺是河南人，這個工廠的老闆路金波也是河南人，這就是他的功勞，這就是河南人的功勞。

塞了兩包菸後，就經過了在河塘邊看守的村委會核准，他們也得以下河捕撈。這兩包菸就意味著，這兩個安徽人和河南人必須要抓到相當數量的蝦才能抵消這兩包香菸的成本。不過大家都是這麼辦事的。村委會的大爺說：這是一個講道理的時代，你是講道理的，但是，我負責看你有沒有道理，而我們是不講道理的。你去到哪裡，都是這樣的道理。

這是一個週末，左小龍驀然間有點想念泥巴。他到了上次把泥巴放下來的地方，轟了三下油門，然後點燃一支香菸，菸抽了半支，泥巴已經站在面前。這次泥巴穿著背帶褲，顯得更加羅麗塔。她背著書包，穿了球鞋。

左小龍問：你拿書包做什麼？

泥巴說：我說出去做功課囉。其實書包裡……嘿嘿，你看——

說著，她把書包打開，裡面是一個黑色的頭盔。泥巴吃力地把頭盔從書包裡取出來，遞給左小龍，問道：怎麼樣，好看不好看？

左小龍掂量著，說：是全盔啊，謝了，我過來是眞的想來找你，不是來拿頭盔的。我也不知道你的頭盔今天到。這頭盔很好，拿著就和這裡那種幾十塊錢一個的不一樣。

泥巴把頭盔又拿回來，摸著說：當然囉，我選最貴的給你的麼，這是別人比賽用的頭盔囉，要三千多囉，這裡當然買不到了。而且你這樣一戴，你戴一戴麼……

左小龍把頭盔戴上，這頭盔緊緊地包住頭部，沒有絲毫的晃動，他說道：泥巴，你不用買這麼好的頭盔的，我的腦袋都不一定值這個錢。我富裕了把錢還你。發動機的錢先給你。

泥巴只看見左小龍的腦袋在頭盔裡，嘴巴一張一合，頭盔玻璃上都是哈出來的氣，完全不知道他在說什麼。但這就是機緣，因為泥巴從小最討厭聽人家跟她說錢不錢的事。她家境很好，所以她覺得金錢是感情裡最不乾淨的東西。左小龍可能終於對著她說了一句會讓她很不喜歡的話，但她聽不到。

泥巴拿出一本大開本的書來，重重地砸了左小龍後腦勺一下，問道：怎麼樣，痛不痛啊？

左小龍只覺得頭盔被砸得更緊了一些，忙摘下頭盔說道：好，一點沒感覺，怎麼摔跤都不會有問題。

泥巴說：是啊，我沒買露出臉的那種嘛，我覺得，不能讓你老是把臉露出來臭美。來，看看這個頭盔從正面砸會不會受傷。

說罷，泥巴把書捲起來，讓左小龍戴起頭盔，正面又砸了一下。左小龍被震得快腦震盪，連忙岔開話題道：這是什麼書，這麼厚？

泥巴把書攤開，上面赫然寫著：政治。

左小龍道：難怪這麼厚，廢話最多嘛。泥巴，我帶你去看好大好大的動物。說罷，左小龍把頭盔遞給泥巴，說：你先戴著。

泥巴接過頭盔，默默把頭盔繫上，沉默片刻，說道：帶我走。

左小龍轉身大聲問道：什麼？

泥巴喊道：走吧，沒什麼。

其實這不是泥巴的第一次戀情。兩年前，泥巴喜歡一個男孩，但是當泥巴坐上他的摩托車時，他把唯一的頭盔繫在了自己腦袋上。從此以後泥巴再沒找過這人。泥巴想，如果有人能把唯一的頭盔留給她，那她就一直跟著這人，一日是他的女人，終生是他的女人。

左小龍開得稍快一些，夏天的蟲子撞在臉上隱隱作痛。而且是變大了的蟲子。泥巴在後面抱著他，但苦於戴上頭盔以後腦袋不好擱在自己愛人的肩膀上。左小龍說：走，帶你去看這個瘋亂的世界。好大的動物。

泥巴一句都聽不見，只知道跟著左小龍去往隨便什麼地方。

左小龍把泥巴帶到了雕塑園裡，老鷹般的飛禽和左小龍的摩托車並排飛行了許久，砂石路上摩托車捲起的灰塵在陽光下久久不能散去。左小龍把泥巴帶到自己住的地方，把車停好，幫泥巴把頭盔摘下。泥巴驚奇地環顧四周，問道：這是個什麼地方？

左小龍說：這是個沒有人的地方。

泥巴說：那爲什麼這裡有個郵筒？

左小龍看了一眼郵筒，道：泥巴，這是民國年間的郵筒，是一個雕塑。

泥巴上前撫摸著民國郵筒，道：民國的東西和現在的東西長得好像啊，這個郵筒和我幾天前寄信的郵筒長得一模一樣。

左小龍引領泥巴到了雜草裡，說：你不知道這裡，這裡是一個荒廢的雕塑園，往裡面走，有各種各樣的雕塑。來，跟我來。

泥巴掛著左小龍的手緩步走進雜草裡。左小龍本想讓泥巴拜一拜關公，無奈雜草亂生，左小龍都一時找不到那座雕像。遠端最高處的自由女神像在一人高的草裡是唯一能看見的東西。兩人在行進的過程裡，時不時能看見唐老鴨、慈禧太后擦肩而過，但左小龍都不想停留，他急著尋找關公，因爲他要向泥巴講述他心目中楚霸王關羽霸王別姬的故事。

泥巴對左小龍說：停一停吧，我走不動了。

左小龍就地停下，把四周的草踩平。突然間，他發現有一座雕像橫躺在地上，已經碎裂。左小龍上前仔細打量。泥巴問道：他是誰啊？

左小龍找到雕像的腦袋，端詳半天，道：是孫中山。

泥巴也上前看一眼，說：是他，我前幾天上課的時候剛剛看見書上有他的大頭貼，是他。

左小龍把雕像按照人形重新拼了起來，說：泥巴，其實我想帶你看的是……

泥巴突然間大叫了起來。

左小龍連忙站起來，問道：怎麼了？

泥巴說：這個是你要送給我的禮物麼，你是不是想要讓我看這個？

左小龍問道：哪個？

泥巴一手捂著嘴巴，意在吞下自己的詫異，一手指著旁邊的天安門雕像。左小龍一看，果然有一個天安門在自己的腳下，左小龍不解的是爲什麼天安門會做那麼小。他問泥巴：泥巴，你愛北京天安門麼？

泥巴說話還在顫抖，說：是，不是，是……你看。

左小龍後退三步，把身後的草劈開，托著下巴看了半天，說：做得不錯，挺精緻的，連主席的像都在上面。

泥巴搖手道：不是，不是，你看。

左小龍看著泥巴，問道：看哪裡？

泥巴說：你看，你看天安門城樓的裡面。

左小龍蹲下往天安門的門洞裡看半天，禁不住也往後退了三步，一腳踩在孫中山雕像的腦袋上。泥巴輕聲問道：你看見了沒有？

左小龍咽了一口口水，說：我看到了，它也在看我。

泥巴說：它它它好可愛的，你把它抓出來。

左小龍有點猶豫，問泥巴：你看清楚裡面是什麼東西了沒有？會不會是蛇？

泥巴說道：當然不會是，我看到它有毛的，還是雙眼皮的。

左小龍腦子裡頓時描繪不出一個有毛的雙眼皮動物是什麼樣。但他覺得今天這個情形下，必須捨生取義了，有一個視自己爲英雄的小女孩在旁邊看著他，說什麼也得把這個東西抓出來。左小龍看了一眼泥巴，一咬牙，直接上前把天安門雕像挪開，深呼吸一口氣，腦子裡一片慌亂，等兩眼對焦準確以後，他發現是一個圓乎乎的東西，瑟瑟發抖地看著自己和泥巴。這個球狀的東西他似曾相識，似乎在不遠的過去……

泥巴突然在旁邊叫道：比卡丘！

左小龍彎下腰仔細一看，果然和信紙上的玩意兒長得八九不離十。他忙問泥巴：原來這世上眞有比卡丘。

泥巴說：眞的有，謝謝你送我一個比卡丘。

左小龍慢慢蹲下，小心翼翼把小圓球掬在手裡。牠不知所措地看著左小龍，兩隻爪子放在胸前。左小龍覺得自己墜入童話，轉身看向泥巴。泥巴不知所措地看著左小龍，兩隻手放在胸前，動作和這個球完全一致。左小龍突然覺得自己不知道要和誰說話去，在這片茫茫的深草中快要抓狂。他問泥巴：泥巴，這到底是什麼動物？

泥巴上前一步，說：這是龍貓啊。

左小龍說：這到底是龍還是貓啊？

泥巴說：其實牠是老鼠。

左小龍崩潰道：那這到底是貓還是老鼠啊？

泥巴說：這是龍貓，就是比卡丘。謝謝你。

左小龍把龍貓放到泥巴的手裡，說：這麼複雜的生物，交給你吧。

泥巴頓時對左小龍失去了興趣，眼裡只有這隻龍貓。女性就是如此，無論她多愛一個男人，只要有一個外觀蠢笨的毛狀動物出現，她馬上可以在短時間裡忘卻自己的心頭好。泥巴把龍貓抱在自己的懷裡，喃喃道：貓貓不要怕，貓貓不要怕。

左小龍說：牠不是老鼠嘛，你應該對牠說，不要怕貓貓。

泥巴說：哼，你不懂小動物的。我們給牠取一個名字吧。你的摩托車的名字是我起的，我的寵物的名字也要你起耶。

左小龍說：不，我最恨起名字。

泥巴說：貓貓給你抱一抱嘛，快給我們的貓貓起一個名字。

左小龍說：就叫貓貓唄。

泥巴撫摸著龍貓，道：不行嘛，牠是老鼠。

左小龍說：那就叫鼠鼠唄。

泥巴說：你好好起嘛。

左小龍問道：你爲什麼自己不起。

泥巴說：我要把貓貓留在我身邊，這樣以後每次叫牠的名字都想起是我男人起的，我心裡就會很開心。

左小龍說：那就叫比卡丘。

泥巴說：不行，再想。

左小龍不耐煩道：那就叫比比唄。

泥巴反覆吟誦道：比比，比比，比比……你覺得叫比比好麼？

左小龍不想再糾結此事，忙說道：好聽好聽，比比最好聽。

泥巴突然堅決否定了，說：不行，不能叫比比，不好聽。

左小龍又崩潰了，小羅麗塔就是在這方面最難纏，她們從不爲自己的生活而現實，不問你的每個月的收入是多少，你的爹媽有沒有死絕，不會因爲你沒有地位而看低你，不會要求你給她們買超越她們社會地位的事物，她們的心思是最純眞的，她們的身體是最純眞的，她們的愛情就是愛情，哪怕你有朝一日變成反革命。但她們往往會在類似給龍貓起名字的問題上糾結。

左小龍卻對類似的問題絲毫沒有興趣。他反而在想，這個迷幻的地方，說不定可以帶黃瑩過來，浪漫不就是不切實際嘛，這裡就是一個不切實際的地方。說不定在這裡可以一舉把黃瑩給吻下。左小龍想得入神，泥巴推了推左小龍，左小龍猛然回過神來，看見眼前四隻大眼睛瞪著自己，不知道說什麼好。

沉默半天後，左小龍說：泥巴，今天帶你看的就是這些，我們走吧。

泥巴低頭應著，撫摸著龍貓，尾隨左小龍往前走。雕塑園裡一模一樣的植物和不同模樣的雕像組成的迷宮讓兩人走了半個小時都沒有看見出路，只有一個殘缺的自由女神杵在他們的遠方，無論怎麼走，他們都只能看見自由女神的大屁股。左小龍一度以這個雕像爲參照，想著只要遠離她，一定就能走出來，但無奈他們似乎一直在原地繞圈，連龍貓都變得浮躁不安。從左小龍到這個雕塑園起，這個自由女神就是屁股面對著他，那就意味著她屁股的方向就是左小龍正確的方向。但無奈洋人的屁股太大，範圍太廣，人家是東南西北屁股只能面向一方，但這洋妞的屁股面向了三方。這增加了左小龍找到出路的難度。

左小龍對泥巴說：泥巴，我們迷路了。

泥巴毫不在乎地說：哈哈眞好玩。

左小龍說：不過不要緊，有我在，不要緊。

泥巴說：嗯，我跟著你。

左小龍說：你這個貓……老鼠抱著累不累？

泥巴說：不，牠很軟的。

左小龍問道：你打算怎麼辦，這個。

泥巴說：我要把牠給你養，你老是一個人，你很孤單的。

左小龍說：你養吧，你看到我的時候，我當然是一個人。

泥巴說：不，我家裡不讓我養動物的，你養牠，每次見我的時候你都把龍貓帶過來。我想見到你們兩個。

左小龍說：再說，我們出去再說。

此時天色要發黑，風吹過雜草眞讓人覺得舒服，但如果夜色一黑，各種蟲子，而且是變大了的蟲子就要出來。左小龍有些心急，腳步也加快了，泥巴悠悠然跟在後面，兩邊張望。左小龍問道：你在看什麼呢？

泥巴回答道：我在看能不能給我們的貓貓找到一個夥伴，牠一個人多孤單啊。

左小龍說：一個就可以了。

泥巴嘟起了嘴，邊走邊踢著草，對著手裡的龍貓說道：貓貓貓貓，我們不要理爸爸，他是壞人，他……啊……好多蒼蠅啊。

左小龍停下腳步，回頭看果然是一片小飛蟲編隊經過。

泥巴疑惑道：這些蒼蠅好瘦啊。

左小龍忙把自己身上的短袖脫下，套在泥巴的頭上，道：快走，這是蚊子，別讓牠們咬了，走，走，跟緊我。

泥巴把短袖罩在臉上，跟著左小龍在雜草裡奔跑，她也不知爲何要奔跑，只是跟著自己的郎君。左小龍赤膊在前面奮勇劈開越來越稠密的雜草。泥巴說：我們是不是……

左小龍喊道：不要緊，我們要快點，天黑了就不好了。

泥巴邊跑邊說道：我們是不是跑到深處去了啊，我連那個女神都看不見了。

左小龍停下來，屏住呼吸，看著四周，都是一樣的景致，連自由女神殘像都看不見了。不是因爲草遮住了女神，而是草遮住了視線。最後一眼的時候，左小龍看見自己終於是正對著女神的臉，他在慌亂中發現，原來這具自由女神的五官還沒有雕刻上去，她的臉只是一個球面，但是這球面卻彷彿有表情，他明顯感覺，自由女神向著她笑，並且是嘲笑。左小龍憤道：媽的，連個蛋都笑我。此時四周的草已經有兩人多高。左小龍有點絕望，他等自己的呼吸平復一下，看夜色將至，太陽已經落在地平線下，剩下的只是在世界裡亂撲的光芒，只等在不斷的撞壁裡慢慢消滅，等待秒數後的漆黑一片。左小龍摸了一下龍貓的腦袋，把泥巴摟在懷裡，低頭長吻。等兩人睜開眼睛的時候，天色已經全黑，除了天上有顏色以外，四周都是墨黑。泥巴已經只剩下輪廓，此時不知道她什麼樣的表情，反倒是那隻龍貓兩眼放光。

泥巴問道：我們……

左小龍說：等幾分鐘，我們的眼睛就能看清楚一些了。

泥巴依偎在左小龍的身上，等待她心上人的眼睛可以看透夜色。忽然間，周圍眞的亮了起來，若隱若現的白熾燈光芒把周圍照亮了一分。

泥巴說道：有燈，有人給我們送燈來了。

左小龍說：你聽到腳步聲沒有？

泥巴說道：沒有腳步聲。那是燈自己給我們送來了。

說罷，泥巴自己嚇得一個哆嗦，左小龍也被泥巴嚇了一跳，這可愛明顯不合時宜。左小龍大喊一聲：誰！

四周沒有任何人回答，但這光芒越來越近，而且斷斷續續，沒有任何風吹草動的聲音。左小龍讓泥巴後退一步，把自己的皮帶抽了下來。

泥巴突然一副視死如歸的表情，把龍貓放在地上，開始解自己胸前的扣子。

左小龍連忙上前把泥巴解開的一個扣子繫上，小聲說：泥巴，你誤會我了，還沒到最後一搞的時候，我要和這個……這個……我可能要和這個東西鬥，你讓遠點，看我不行的話，你就跑，把你那個那個龍貓扔下就跑。

泥巴說：我不跑。

左小龍說：你別傻了，你看這光越來越亮，我都已經可以看見你臉上的害怕了。

泥巴說：我不怕，我不怕，你有什麼要說給我聽麼。

左小龍沒有回答，抬頭張望，把皮帶的銅頭向外。在微光下，泥巴看見左小龍的肌肉發亮，她說：我會幫你的。

白色的圓盤悠然在他們的頭頂上飄過，左小龍和泥巴仰望著光芒。左小龍往旁邊挪了一步，忽然間凄厲的叫聲傳來，左小龍忙握緊皮帶，問泥巴：什麼聲音？

泥巴帶著哭腔，蹲下身，道：你踩了我們的貓貓一腳。

左小龍忙回到原來的位置，說道：無心的。泥巴，這是個什麼東西？

光芒又盤旋了幾下，熄滅了一秒，又緩緩亮起。泥巴讚美道：好大的螢火蟲哇。

左小龍把思維拓寬，踮起腳仔細看，果然是一隻螢火蟲，他順手把螢火蟲摘了下來，分不清楚哪裡是屁股哪裡是頭。但在這時刻這已經不重要，有奶就是娘，發亮就是強。左小龍捧著螢火蟲，對泥巴說：泥巴，我的判斷是，今天晚上，我們可能走不出去了，雖然我們現在有燈了。

泥巴說：嗯，那就走不出去吧。

左小龍說：我幫你把這片草踏平。

左小龍往前走了一步，借著螢火蟲的光把草踩在地上，突然間，他發現，眼前就是一條河流，剛才自己是在這片野草的最邊緣。
左小龍轉頭說：泥巴，我們走出去了。
泥巴覺得自己不知爲何有點失望，說：那外面是什麼？
左小龍說：外面是河，應該就是路過雕塑園的龍泉河。
泥巴說：我們到河邊了，有船麼？
左小龍把螢火蟲舉高了一點，說：看不見。
這時，泥巴手裡的龍貓開始不安分了，牠對著螢火蟲吱吱直叫，螢火蟲也加快了自己明暗的頻率。
左小龍說：這兩個是不是仇人……
泥巴緩緩說道：不，牠們是朋友。左小龍把皮帶重新束回褲子上，問道：你怎麼知道？
泥巴道：牠們就是朋友，你放開螢火蟲。
左小龍有點不捨地放開了螢火蟲，螢火蟲往空中飛了幾米後，緩緩飛到龍貓旁邊，繞著龍貓公轉。但因爲泥巴捧著龍貓，所以螢火蟲只得繞著泥巴轉，每次轉到被泥巴的身體擋住的角度，龍貓就開始著急，而螢火蟲也會馬上升起，直到看見了龍貓才會緩緩降下。

左小龍驚奇道：牠們真的是一對。

泥巴說：是螢火蟲來找龍貓了。

左小龍問：可是，牠們兩個是沒有結果的。

泥巴說：你胡說。牠們是有結果的。

左小龍不屑道：牠們能有什麼結果，牠們能生出來一個什麼，一隻螢火蟲？一隻龍貓？還是火龍？

泥巴倔強地道：那火龍就是結果，蟲貓也是結果。

左小龍拎了拎褲子，道：那你不是要把龍貓帶走了麼。牠們不就分開了。

泥巴說：不，不分開。

左小龍說：怎麼，你終於想明白了，把龍貓留下了？

泥巴堅定道：不，一起帶走。都由你來養。

左小龍一下後悔了，說：泥巴，你把牠們留下吧，這個地方才是屬於牠們的。

泥巴決心已定，說道：不，不，不，牠們在別的地方也會在一起的。

左小龍說道：泥巴，不是的，有些男女朋友，只能在有些地方才能在一起，如果不在這個地方了，一定會有人離開的。

泥巴聽著，忽然間落下淚水，螢火蟲連忙暗了下來。泥巴說：那如果你不在這裡了……你帶我走。

左小龍說：我會留在這裡的，我在這裡有好多好多事情要做，我只是不知道要怎麼做，我要把這裡變成我熟悉的喜歡的樣子。我帶你走也只是從這頭走到那頭。

泥巴完全不理會左小龍的夢想闡述，只聽到最後一句，便說：那就夠大了。

左小龍彈了螢火蟲一下，螢火蟲重新亮起光芒，照耀著兩人的臉。左小龍說道：因爲你還小，所以你覺得這裡夠大，如果你夠大了，這裡就小了。

忽然間，水裡傳來聲音，一個老人划著船停到岸邊。他招呼左小龍和泥巴上船。泥巴抱著龍貓上船，螢火蟲也跟隨著到了船頭。老人笑道：喲，你們談戀愛帶了一個電燈泡啊，還是無線的。

左小龍問道：老伯，你在這河裡做什麼？

老人說道：我在裡面抓魚，可是我今天抓到的魚都太大了。我要抓到正常大小的魚。

左小龍說：魚大不更耐吃嘛。

老人道：哪有一夜之間變大的道理啊。我不敢吃。

左小龍轉身對泥巴說：泥巴，這裡所有變大的東西，你都不能碰。

泥巴只關心左小龍，問道：那萬一你變大了呢。

左小龍說：我是不會變的。

老人哼起歌謠，對泥巴說道：小姑娘啊，你的兔子眞可愛。

泥巴說：爺爺，牠是老鼠。

老人搖頭道：我們要重新認一認以前的東西嘍，都不認識了。前面就出雕塑園了，河在這裡轉了，過了轉角，你就看見好多燈了，那裡就是鎮的東邊了。你們從哪裡下？

左小龍說：我們到公路邊就下了，你把我們放在離鎮子近一點的地方，亮一些的地方。我們自己走就可以了。

螢火蟲停留在泥巴的手上，緩緩熄滅，泥巴說：你看，牠睡覺了。牠們兩個眞的是睡在一起的。

左小龍撥弄了一下龍貓，龍貓轉了個身，屁股對著左小龍，鑽在泥巴的懷裡。

泥巴笑道：誰讓你踩了牠。

划船的老人說道：過了這個轉角，就出雕塑園了。

順著水流，船緩緩轉過了頭，繁華的燈光在遠處長明，各種顏色的光彩出現在泥巴的眼裡。泥巴說：終於到了亮的地方了。

螢火蟲突然騰空而起，發出炫目亮光，和遠方的燈火對峙著，龍貓也探出頭來，站直了身體。這是左小龍第一次看見這動物呈橢圓形。幾秒鐘後，螢火蟲再次落下，掉在龍貓的身體上，失去光澤。泥巴著急問道：牠怎麼了？

螢火蟲不再發出白色的光芒，圍繞著龍貓和泥巴飛了一圈，暗淡地向雕塑園飛去。龍貓跑到了船尾，凝望著螢火蟲飛回去，又縮成一個圓。泥巴突然間哇地大哭。

左小龍說：你怎麼比龍貓還傷心。

泥巴哭得不能言語，斷斷續續對著划船的老人說道：爺爺，倒船。

老人說：你們的事啊，我不管，我不往前也不往後，我就在這裡停下了，然後你們喜歡走就走，喜歡回就回。

說罷，老人將船靠泊在岸邊。

左小龍和泥巴下了船。龍貓緊靠著泥巴，不住發抖。泥巴把龍貓頭對準雕塑園方向放在地上，說道：貓貓，你去吧。

龍貓依然靠在泥巴的腳邊。

左小龍道：牠不想回去了。

泥巴說：那螢火蟲該多傷心啊。

左小龍說：沒事的，傷心幾天又亮了。

泥巴說：真的麼？

左小龍點一支菸，說道：牠會找到別的老鼠的。你這隻老鼠，也會找到別的老鼠的。你就別難過了。來，讓我看看你的老鼠。

左小龍從泥巴手裡接過龍貓，翻轉過來，掰開了毛，借著路燈看了半天，說：你看，是個母的。

左小龍和泥巴順著黑暗的馬路，向著燈火閃耀的地方緩緩走去。這新世界充滿了未知，但泥巴絲毫不覺得畏懼，因為左小龍就是她的世界。她只是有些惆悵，因為泥巴覺得他們應該有更加喜劇化的相識，而不是自己和龍貓一樣成天豎起耳朵聽著自己男人摩托車的聲音。泥巴問道：你說我們兩個人有緣分麼？

左小龍回答：有。

泥巴說：那你說，在你不來找我我不來找你的時候，為什麼我們總是沒辦法偶遇呢？

左小龍說：你要求真高，我們生在一個年代裡，這就是緣分。

泥巴哦了一聲，繼續走路。撿來的龍貓已經在她的懷裡睡著，剛才的悲傷已經不見。泥巴內心很矛盾，她既希望她的龍貓不要太傷心，又希望不要不傷心。她問左小龍道：你說，我們的貓貓爲什麼不是很難過呢？

左小龍不屑道：你以爲牠們眞的很相愛啊。

泥巴說：你看牠們兩個的樣子。

左小龍道：你看牠的樣子。

泥巴岔開話題道：爲什麼你從來不主動來找我說話呢？

左小龍沒有回答。

他們走了一公里，燈火逐漸近了。隨著夜深去，他們越走燈火越少，越靠近越淒涼。在這長夜裡，泥巴希望這路永無終點，左小龍希望早點到頭。泥巴突然轉身說：我今天晚上不走了。我要和你睡。

左小龍一驚，想怎麼又要和我睡。

泥巴見左小龍有點猶豫，問道：你難道不孤獨麼？

左小龍聽得一絲涼意，說：我不孤獨，不孤獨。我孤獨的不是這個。

泥巴問道：那你跟不跟我睡？

左小龍說：睡，睡睡。

他們花了一個小時到了雕塑園左小龍的棚裡。他的西風摩托車還停在門口。左小龍舒了一口氣，他總擔心自己的摩托車被人偷走。泥巴充滿好奇地走進左小龍住的地方。有一張吃飯的桌子，上面還放著泥巴的信紙，泥巴拿起信紙，對著燈看。左小龍嚇了一跳，以爲她要找筆劃的痕跡。泥巴看了半天，道：你看，比卡丘和我這個長得很像的。說著，她把她的龍貓舉了起來，逆光看著。突然間，牆角發出動靜，左小龍和泥巴順著聲音一看，居然是五隻……龍貓，牠們在原地打轉。

泥巴兩眼放光，道：牠們在做什麼呀？

左小龍說：著急啊。

泥巴不解道：你怎麼知道牠們在著急啊？

左小龍說：你回不了家，你著急麼？

泥巴說：不著急。我今天就不回家。

左小龍說：那就不說你了，你看，牠們回不了家了。

泥巴問：牠們爲什麼回不了家呢？

左小龍說道：因爲……牠們變大了，但是老鼠洞沒變大，所以牠們就回不了家了。

泥巴看著自己手裡的龍貓，道：原來你眞的是老鼠變的啊。

左小龍拿出一個鐵鎬，對老鼠洞擴工了一下。五隻大老鼠鑽了進去。泥巴試探著把自己的山寨龍貓也放到地上，牠待著沒有動靜，直勾勾地看著泥巴。泥巴問道：牠好乖啊，你說，龍貓應該吃什麼呢？

左小龍道：老鼠吃什麼，牠就吃什麼。

泥巴問道：那你有油麼？

左小龍把桌子上的信紙整理好，道：我只有汽油。

泥巴問道：你平時都怎麼洗澡？

左小龍回答道：浴室。

泥巴接著問道：那我怎麼洗澡？

左小龍問：能不能用冷水？

泥巴看著他說：溫水行不行呀？

左小龍說：你等著，我幫你燒。

泥巴看著四周。中間有一根莫名的柱子，四周都是簡單的石灰，邊稜都能用眼睛看見。床在一個非常奇怪的位置，四面都沒有挨著。一個電風扇掛在床的上面，慢慢搖曳。桌子在窗邊，窗外是比黑夜更濃的黑色，椅子翻在地上，還有一些櫃子，分散在四周。泥巴忍不住問道：你的床放的位置好怪啊，是有什麼講究麼？

左小龍道：當然有講究了。

泥巴問道：是風水的講究還是習俗的講究？

左小龍搖了搖頭，回答道：我沒得選。電風扇就在那裡。

泥巴問道：你沒有空調麼？

左小龍說：沒有。

泥巴毫不猶豫道：明天我送你一個空調吧。

左小龍嚇得連忙回絕：別別。

泥巴問道：爲什麼啊，那天熱了怎麼辦？

左小龍走到牆邊，剛踹了一腳牆壁，頓時牆上一個洞，掉下來很多石灰。左小龍說道：這不是用磚做的，掛不住空調的外機。算了吧。泥巴，你爲什麼不問我怎麼住這裡，做什麼的？

泥巴笑道：不，不問，我會自己去想像的。

左小龍把椅子扶起，坐在窗邊，想著他的合唱團。時間臨近，合唱團只有一個人，黃瑩也沒有聯繫上，大帥似乎也無心搞這些，曲目也沒有定，連名都沒有報。

這麼想著，左小龍不禁搖了搖頭。左小龍決定想些別的事情，他逼迫自己想，今宵眞美好，雖然上次和泥巴在一個房間裡的時候，她來了例假，以至於不能成行，這次總算可以結束自己處男之身，而且是和如此純美的小女孩。雖然左小龍不似這個年齡的青年心思完全都在泡妞上，但他的感情經歷其實不算單薄。在泥巴和黃瑩之前，左小龍一共有過六個女朋友，而且每個女朋友都在他面前脫光過衣服，無奈而又無奈的是，造化弄人，上天無眼，每一次左小龍存夠了錢得以開房間的時候，他的女朋友都會來例假。左小龍天生有點暈血，實在不想做愛都做昏過去。雖然每次因爲左小龍不在例假的時候強上，他的女朋友都會誇獎他愛護女孩，但每次不等他存夠另一次開房的錢，女孩們總是因爲各種原因離他而去。泥巴是第七個。在第一、二次，左小龍還曾怨天尤人，但之後他已經服從了上天的安排，不再和命運做抗爭，覺得這些都是上天暗示他要把第一次留給一個自己眞正喜歡的人——這是多麼可悲的想法，足以見得上天對他的傷害之深。因爲往往只有女人才這麼想。當然，造成這個困境說明左小龍在思想上也有一定的局限性，因爲左小龍存錢有一個週期，這個週期往往和女性的生理週期統一了起來。但是只要解放思想，不一定都要在室內完成這事。如今，左小龍覺得自己已經找到了這麼一個人，而且讓他看見以後就起欲望，這個人就是——黃瑩。不過問題是此刻在邊上的是泥巴，他總不能把這個想法告訴她說，泥巴，等我上完某某以後就來上你。畢竟此事春光無限。左小龍回頭看了一眼泥巴，月光從他剛才踹出的洞裡灑進來，落在泥巴的身上，左小龍強做鎮定，道：你洗澡吧。

泥巴問道：在哪裡洗啊？

左小龍說：你就直接沖吧，在這個房間裡，你看中哪裡就在哪裡洗，只要別在床上就行了。

泥巴開始解衣服。

左小龍爲了緩解氣氛，問道：泥巴，距離上次我們在一起睡有多久？

泥巴不假思索道：整整一個月。

左小龍想泥巴眞的是愛他，每天都是掐著手指過日子，他說道：一個月……你記得眞清楚。我都不記得了。

泥巴說：嗯，也不是，因爲我今天又來例假了嘛。

夏天清晨的味道將左小龍喚醒，此時泥巴還沉睡在自己的肩膀上。左小龍低頭看，再次感嘆，眞是一個好看的姑娘，但內心深處他總覺得這應當是自己的一個小妹妹，在夜色裡還算好，但到了白天更是下不了鳥，她對著你作畫，你怎能對著她做愛。左小龍輕輕把泥巴的腦袋放到枕頭上，拿起摩托車鑰匙，打算去鎮上買點早飯給泥巴帶回來。他被泥巴枕了一晚上的左手已經抬不起來了，他揉了揉肩膀，等力量恢復一點，將摩托車推出去幾十米，發動以後往繁華地方去了。到了雕塑園的門口，他發現有一大堆警察在維持交通，道路已經徹底癱瘓。左小龍的摩托車還能夠前行。越往前走，越是觸目驚心。他從來沒有見到亭林鎮出現過這樣規模的堵車。左小龍一時忘記了要買早飯，他打算去尋找堵車的源頭。在這源頭必定發生了大狠事。

左小龍順著堵死的汽車開了兩公里，還是不見有任何恢復的跡象。他想，莫非是什麼東西變成了恐龍，把亭林鎮給踏平了？他遙望遠處，看見亭林鎮上最高的中國電信的大樓依然矗立。隱約間，他似乎看見了焦點，那裡有著最密集的警燈閃爍。

左小龍開到那裡，看著四周，但是和其他騎摩托車的一樣，戴袖章的城管讓他們趕緊通過，不要看熱鬧。左小龍在邊上瞄了一眼，發現每輛車都被攔停，所有的車門和後備箱都開啓，經過巡查以後還要讓警犬再嗅一遍。

左小龍沒有問的機會，就被趕著往前開了。到了鎮上，明顯巡邏的警車增多。買完早點，他跨上摩托車，從另外一條馬路往外繞，但一樣因爲設卡查車而堵死。

摩托車在這時候就讓車裡的人好生羨慕。左小龍開到剛才那個路口，忍不住好奇，找了一個年輕的警察，問道：你好，這裡到底發生了什麼？

警察回答道：趕緊走，趕緊走。

左小龍不放棄，道：你告訴我一下有什麼事麼，說不定我還能幫上忙，或者還掌握些什麼情況。

警察不耐煩，道：有個小女孩失蹤了，你幫得上忙不？

左小龍張大了嘴。警察問道：怎麼，你知道？

左小龍連忙掏出一個饅頭塞在嘴裡，道：不知道。

左小龍連忙開進雕塑園的土路上，爲了防止有人盯梢，他還特地開著摩托車往草裡躲了一會兒。眼見沒動靜，又騎車出來，繞到房子邊，喊道：泥巴，起床，早飯。

喊了兩聲沒動靜，左小龍趕緊進了屋子，仔細一看，床已經整理好了，但已經沒人，環顧四周，發現昨天的那個洞上貼了一張紙，紙上寫著：我走了，記得洗床單。

左小龍把床單翻了一面，躺在上面。他突然意識到，今天這麼大的事件，其實是由自己一手造成，成就感隱約而生。

夏天和雨水一起到來。

距離亭林鎮的物種變大已有一週，在此期間，各個電視台就此神奇的事件進行過報導，《走進科學》也來到了鎮上。鎮上的領導非常重視，節目的拍攝時間為三天半。為了迎接節目組的到來，整個亭林鎮發動了一場「做文明人，八十四個小時不隨地吐痰」的活動。活動要求，在節目組到亭林鎮的那一刻，所有的居民和工人都不准隨地吐痰，做到有痰不吐，當場下咽。如遇一些不吐不快的群眾，則必須做到不被節目組發現。

在迎接宴上，電視台的負責人表示，不用這麼緊張，請隨意，請隨意，這些他們是不會管的，這也不是《走進科學》節目組的追求。《走進科學》節目的宗旨，就是走進科學，因為走了好幾年，始終沒有走進過科學，所以他們一定會堅定不移地只將這個做為目標，不為別的事情分心。節目負責人舉例道，在某縣城進行的一個關於那裡的農戶張某所種的一園的胡蘿蔔為啥是白色的這個專題中，專業的節目組攝製人員正在對胡蘿蔔進行細緻地特寫拍攝，突然間，旁邊學校的教學樓因為學生在上面追逐嬉戲而倒塌，造成了八十六人死亡，一百多人受傷。他們在第一時間通知了電視台新聞組，在新聞組到來之前，他們的鏡頭始終都沒有將鏡頭偏離過胡蘿蔔。這就是專注，這就是職業精神。

鎮長大聲叫好，說：你們這種心無旁騖的精神，正是改革開放中缺乏的，也是很多新聞工作人員所缺乏的。我敬你們一杯。

節目組導演端坐著說：客氣客氣。正因爲有執著的精神，很多的疑問都被我們一一解開。

鎮長問道：教學樓倒塌這個我不關心，但是爲什麼那裡的胡蘿蔔是白色的呢？

導演得意地看了工作人員們一眼，慢慢說道：這個節目調查得很艱辛啊，我們在當地駐紮了兩個多月，中科院、農科院的很多專家同志也過來了，我們對這個胡蘿蔔的生長進行了監控，台裡對這個節目也非常重視，因爲當時懷疑是太陽的黑子運動導致了胡蘿蔔變白，台裡還特地請了宇宙學家，對太陽的黑子變化進行了監控。

亭林鎮負責陪同的領導在旁邊頻頻點頭，聽得入神。

導演繼續說道：後來，我們發現，都不是這些原因造成的胡蘿蔔變白。我們就考慮到了水源。我們請了北京的水質專家，來這裡進行了調查和化驗。經過化驗，發現這裡的自來水雖然各方面都有超標，但是，只有人類使用了才會有害，對植物是沒有危害的。得到了這個消息以後，節目組就陷入了困惑。也有人提議，是空氣質量出了問題，我們連忙請來北京的環境監測專家到這個地方監測，和水質是一樣的結果，監測結果顯示，雖然空氣的污染嚴重超標，但這僅僅只能導致人類患上各種心血管疾病和癌症，並不能使植物發生變異。這麼一來，我們節目組的思緒就被打斷了。

說著，負責陪同的一位小同志手機響起，鎮長連忙擺手示意，小同志沒敢看手機，連忙把手機關了。

導演喝了一口啤酒，繼續說道：後來，我們節目組就懷疑，會不會是肥料出現了問題，經過詢問，他們用的是人糞澆灌。而經過農戶的回憶，他家後面的糞池裡當時不光有他的糞便，還有他媳婦的糞便。但是現在糞池改造，已經失去了當時的一手資料，而且他的媳婦現在正在外地打工。本著科學的態度，我們節目組決定現場還原肥料。節目組派了一組人員，找到了在省會的ＫＴＶ打工的張某媳婦，我們要求她爲我們取便。一開始張某的媳婦態度不是很配合，她主要考慮的是，萬一眞的是她和她老公的糞便混合物產生的某種物質導致了植物的變異，會不會被抓起來。我們節目組對她進行了耐心的說服工作，說，如果監測下來結果眞的是這樣，你不要害怕，你要相信電視台。這樣，張某的媳婦就很配合地排便了。我們節目組在取得了張某媳婦的大便以後，連夜趕回了張某所在的縣城裡。但我們自己沒有敢輕易地混合這來之不易的糞便，我們請來了全國頂尖的法醫專家，法醫到來以後，根據當時的溫度、濕度以及糞便和尿液的混合程度，用電腦進行了大量的計算，在實驗室裡爲我們混合模擬出了一個最接近當時情況的肥料。

飯桌上所有的人都邊吃著菜邊聽得入神。導演繼續自豪地說道：在肥料混合完成以後，我們在另外一個地方找到了一些作爲樣品的胡蘿蔔，我們對胡蘿蔔進行了澆灌，並且用攝影機記錄了一個多月的生長過程，但是，遺憾的是，最後，胡蘿蔔還是沒有變白。

鎮長問道：那這個到底是怎麼回事呢？這胡蘿蔔怎麼會變白呢？

導演打斷道：這正是我最後要說的部分，我們節目組沒有放棄，經過了一夜的會議和專家的猜測，我們決定，把種子拿回北京，在北京先進行化驗，看看是不是這個種子的基因產生了變化，從而導致了胡蘿蔔變白和變胖。必要的時候送去美國化驗。但我相信我們祖國的遺傳基因學領域是可以破解這個難題的。在我們拿到種子的一瞬間，答案揭曉了。

所有鎮上的領導都很著急，屁股都離開了椅子。

導演說：攝影小劉敏銳地發現，包裝袋上寫了三個字：白蘿蔔。答案終於揭曉了，原來張某是個文盲，他買錯了種子，種的是白蘿蔔。在揭開了這個謎底以後，我們節目組的很多同志都哭了，這兩個多月的辛苦終於得到了回報。

鎮上所有的人都鬆了一口氣，鎮長站起來道：我代表亭林鎮，爲我們的《走進科學》節目組敬上一杯酒，你們這種認眞的科學態度，孜孜不倦的精神，永不放棄的決心，我聽了很感動。科學，是社會發展的重大推動要素，在政治正確的前提下，只要提倡科學、提倡節能、提倡創新，這個社會的進步是不可估量的。你們正是急先鋒啊。

導演端起酒杯，一飲而盡，一抹嘴，道：後來這個節目得到了台裡的高度表揚，台裡負責審片的領導認爲，正是因爲這位農民文化水平低，所以才出現了這樣的事情，導致整個國家的電視台投入了一百多萬來進行研究，如果他識字，那國家就不會出現那樣的浪費，所以，歸根結柢，是因爲這農民的文化水平低而導致了這次一百多萬元的浪費，這是一個很好的反面教材。

席間掌聲雷動。

突然間，剛才手機關機的小同志痛哭了起來，旁邊的人不住安慰他。席上的人都站了起來，紛紛問道：怎麼啦？

原來，這位小同志的母親身體情況一直很差，剛才突然惡化，家人覺得讓兒子趕回來是來不及了，所以撥來電話，希望可以讓母親和兒子最後說幾句，不料電話被摁掉，手機還關機，等他開機的時候，收到短信，他母親已經去世。

鎮長一聽，頗爲唏噓，大家的情緒都很沉重。需要安慰人心的關鍵時刻，書記出馬了，他走到了那位小同志旁邊說：小孫啊，你是在工作的時候，你母親去世了，你是一位好同志，在剛才這樣的時候，你還堅守在工作崗位。小孫，你趕快回去吧，但是你要記住，雖然你失去了母親，但組織就是你媽，黨就是你媽，祖國就是你媽，你媽的這件事，我們鎮上一定會很關心的。去吧，去你媽的醫院吧。

宴席散去。《走進科學》節目組開始扎根在亭林鎮。鎮上送去了紅包，希望《走進科學》節目組可以多留一段時間，一直留到亭林鎮波波杯文藝晚會開始，順便報導一下他們這個鎮的經濟文化建設以後再離開。

在這時間裡，左小龍已經逐漸地放棄了他組建亭林鎮合唱團的想法。因爲他去街上找人，所有人都問他：有錢麼？左小龍說：只有得獎以後的分成。咱們都是沒有信心的人，從來不會把寶押在自己的未來上，所以沒有人願意加入左小龍的合唱團。左小龍的新想法是：他，大帥，啞巴三人組成一個組合，他再去找黃瑩，如果人家眞的有革命的浪漫主義精神，答應了左小龍，那最好，四個人也是一個小組合。

大帥的意思是：你先搞定黃瑩吧。

小地方的好處就在這時候顯現出來了，雖然不知道怎麼樣才能找到黃瑩，但是左小龍可以等。在上次遇見黃瑩的地方，左小龍在差不多的時間守候在那裡。但這次，左小龍的信心大增，因爲他有了自己摩托車的助陣。最近雨水繁多，雖然是個好天，但是地上依然留有積水，左小龍的摩托車沒有裝難看的擋泥板，所以甩起的雨水在他的白T恤背面留下一道道泥漬。他戴著泥巴送給他的頭盔，亭林鎮被隔絕在他的世界之外，光怪陸離地安靜存在。左小龍開得很慢，摩托車的懸掛和輪胎撫摸過每一寸地面，車輪每一個褶皺和起伏都在左小龍的腦海裡呈現，精準細膩，就像用舌頭舔過地面一般。空氣中的異味被雨水暫時掩下，所有的人都容光煥發，鼻孔放大，在呼吸這難得的空氣，好比放了屁的車廂裡終於搖下了車窗。但隨著雨水的蒸發，一切還是原樣。

左小龍到了地方以後，依然閒來無事點上一支菸。他已經做好了在這裡等一個下午的準備，也做好了不小心遇見泥巴的準備。

熟悉的踏板車聲音從身後傳來，左小龍聽到後立刻知道，這就是黃瑩的小踏板的聲音，他突然明白，難怪泥巴能分辨他摩托車的聲音。左小龍連忙發動起自己的摩托車，摘下頭盔，打算等黃瑩從身邊過去以後再追上。

左小龍偷看了後面一眼，黃瑩穿著印花連衣裙，緩緩停在左小龍的旁邊，打招呼道：喂，小子。

左小龍下意識回答：到。

黃瑩下車，拍了拍左小龍的摩托車，說：幹麼呢你，曬太陽啊。

左小龍沒敢看黃瑩，視線只敢在黃瑩人形的上下左右飄忽，說道：呵呵，這個，找你說事。

黃瑩繼續坐在她的踏板車上，道：說吧，什麼事。

左小龍定了定心，說道：這樣的是，這樣的事，我啊，在弄一個合唱團，打算參加那個那個波波杯，不知道你有沒有……檔期。

黃瑩毫不猶豫道：不行哦，我要獨唱的，每個人只能參加一個項目，不能重複參加的。今天我讓文化站的羅老師給我寫了一首歌，詞也填好了，你看，怎麼樣？

說著，黃瑩不知道從沒有兜的連衣裙的什麼地方掏出一張紙，攤開給左小龍看，上面是譜子和歌詞，左小龍看得懂歌詞。歌詞是這般的：

到夏天／最美好的季節／總會有男子／很準時／鐘擺般出現消失／懷念／他的揮手告別／他無故狂野／他的不屑／總讓我不顧一切

他燃燒了自己的白T恤／再告訴我／玩火也是樂趣
他們說這是墮落／無休止的墮落／是致命的錯／是災禍／不得祝福／不得結果
就讓我如願墜落／如你菸頭墜落／眼神變得落寞／是赴湯蹈火／也願意去做

在給左小龍看的時候，黃瑩在一邊還吟唱。左小龍假裝看得認真。黃瑩問他：小子，你識譜麼？

左小龍說：簡譜識。

黃瑩說道：喲，你還識譜啊。

左小龍道：我認識一，知道是多，然後數上去，就認識了。

黃瑩笑道：你覺得這歌怎麼樣，獨唱行不行？

左小龍說：好，不過這是個愛情歌曲。

黃瑩不屑道：愛情歌曲怎麼了，以前每次都是替別人唱歌，唱的都是別人安排的歌，這次我自己終於有歌了，我唱個自己的歌還不行？我的歌當然得是愛情歌曲，你還打算讓我不唱自己的歌唱革命歌曲啊。

左小龍接話道：不是不是，就是，這歌是不是競爭起來吃虧一點啊。

黃瑩說道：是啊，當時我的製作人也這麼想，也想歌頌一下亭林鎮的發展什麼的，詞都想好了，是「在亭林生活，我們很快活」，但是實在找不到什麼地方可以把這句話給插進去的。你看，「就讓我如願墜落，如你菸頭墜落，眼神變得落寞，在亭林生活，我們很快活。」這實在不合適啊。反正只要加了這句話，名次就能上升一位，我問過文化站的評委了，他們都是這麼說的，說光有愛情不行。

左小龍問：那你怎麼辦？

黃瑩說道：老娘才不從呢。我一直給他們賣藝的，讓我唱這麼噁心的歌，還不如讓老娘去賣身呢。

左小龍聽得心驚肉跳，不知道說什麼好，只好念起歌詞來：他，燃燒了自己的白T恤，再告訴我……

黃瑩突然間打斷他，說：喂。

左小龍一驚，菸頭墜落在紙上。

黃瑩把紙收過，道：別想歪了，歌詞裡沒說你啊。

左小龍只能傻笑。

黃瑩發動小踏板，道：我走了，再見啊。

左小龍只能毫無新意地送上祝福：再見啊，我們文藝晚會上見，你一定能拿第一的。

黃瑩停車回頭說道：不可能是第一的，我們都是在爭奪第二。第一當然就是亭林鎮合唱團了。對了，你的合唱團叫什麼名字？

左小龍楞了半晌，小聲道：叫……亭東村合唱團。

波波杯亭林鎮文藝大賽在炎炎夏日裡準時開始了。這一天讓整個鎮的土著居民都有了盼頭，在會場裡終於可以隨意講著本地語言。在比賽臨近的日子裡，這裡的文藝氣息明顯加重，空場上經常出現訓練的人群。人人都在議論，五萬元的大獎究竟要被誰拿走。但是，大家都覺得官方組織的亭林鎮合唱團是最有機會的，而且這個合唱團唱的是亭林鎮最新出爐的鎮歌——〈頌亭林〉。這首歌的作詞原來是文化站的同志們，但是後來因爲鎮長對此產生了興趣，所以親自寫了一稿，再後來書記聽說能作詞，書記又寫了一稿，最後，從亭林鎮走出的官員中現任職務最高的省宣傳部袁部長聽聞此事，表示也要寫一稿。亭林鎮當然不敢怠慢，加上袁部長極有可能上調北京，所以火速將袁部長請回亭林鎮，讓他進行創作的采風。鎮裡表示，亭林鎮的發展一日不見，如隔三秋，袁部長在外當官多年，承蒙當年袁部長打下的厚實基礎，亭林鎮現在的發展超乎了想像，所以，本著實事求是的精神，還是希望袁部長來走走。

袁部長來到亭林鎮後，參觀了工業園地，剛下車就被一隻西瓜大小的蛤蟆嚇了一跳，經過了陪同人員的介紹，袁部長笑道：果然超乎想像啊。

陪同人員連忙稱是：這比大躍進反生物規律多了。

袁部長一路走，一路吟詩，他的秘書將他的詩都記錄了下來。鎮上陪同人員只要看見袁部長一開口，就連聲稱讚道：好詩，好詩，部長文采不減當年啊。

袁部長都會回答：素材嘛，都是靠積累的。

整個考察的過程非常愉快，唯一出的紕漏就是有一次，袁部長開口吟了幾句，旁邊的人連忙說道：好！好詩！

袁部長不悅道：好個屁，我在接電話。

陪同人員臉色大變，連賠不是道：不好意思部長，我們沒看到你拿起電話。

袁部長把無線的耳機摘下，道：藍芽耳機你都不知道，怎麼部署科學的發展觀？

陪同人員驚詫道：我還以爲是助聽器呢。

袁部長的秘書連忙打斷道：你怎麼說話的？

袁部長說：罷了，罷了，夏風習習，童言無忌。

陪同人員忙拍手道：好詩！

在袁部長的采風之旅結束後，鎮上的書記將曲子和歌詞以及伴奏送到了袁部長的房間。袁部長拿起歌詞，一看，道：這不是已經有歌詞了嘛？

書記連忙說道：不是，這不是正式的歌詞，這只是爲了方便部長塡詞特地先搞的一個樣本。

部長看了看，道：哦，是這麼回事。但我看了這個詞，影響我的發揮，你還是讓人都畫成框框，該寫詞的地方就寫一個框框，這樣我就知道哪裡要加幾個字。

書記道：這個辦法好，這樣避免了先入爲主。

部長又看了看，問道：這個詞是誰寫的？還是不錯的嘛，不用多可惜啊。

書記忙說：不要緊，不要緊，這個是我寫著玩的。

部長說：寫著玩就寫得很不錯啊。

書記連忙改口說：不是不是，這個我是寫了有一段時間的，花了很多腦筋的，但是一直不滿意，早就聽說部長的文采好，當年號稱是華東八支筆之一啊，所以大家都想到了請你來寫，我這個就當是給你參考參考，就當是給你充當充當框框嘛。你這個筆那麼一潤色，哦，不是潤色……

書記忙把自己那稿抓回，囑咐人全部塗掉，繼續道：你這個筆一創造，肯定人口傳唱。我們定下來了，每天上班後下班前都要組織各個基層的幹部學習歌唱這首鎮歌。我這才華，壓力有點大啊。

部長哈哈大笑道：好，那我試一把。

在離開亭林鎮前，部長就把歌詞塡好了。鎮裡馬上組織合唱團學唱。書記看著歌詞，覺得雖然和自己寫的那稿不一樣，但還是有點眼熟。一直到唱的時候，才發現原來那是鎮長那稿和文化站那稿的結合體。但這也是情有可原的，官方歌曲，就那麼點屁事和破詞，經過了四個人之手，好比搓麻將，就那麼一百多張牌，肯定大家手裡都有重樣的，很正常。但部長官大，所以最後一定是要用部長那一稿的，又好比搓麻將，誰職位高誰最後肯定贏，很正常。

眾所期盼的一個夜晚到來了。這一天的夜色格外好，被污染成紅色的天空映襯著晚霞，夾著酸味的涼風緩緩吹來。亭林鎮的鎮民早早就吃好了晚飯，在亭林鎮大禮堂外，很多沒有得到票的觀眾都聚集在河邊，準備聽現場直播。大禮堂的門口甚至都鋪起了紅地毯，這是亭林鎮第一次搞如此大型的活動，每個領導都穿得不敢怠慢。經過安排，鎮上的文藝工作者都被組織了起來，充當記者。這樣，一共有五個文字記者、三個攝影記者、兩個攝像記者、一個場外主持記者。每當有領導出現，務必保證有十個人簇擁上去，進行提問。雖然這些人可能昨天晚上剛和領導搓過麻將，但是在這個正式的場合裡，還是要做好自己的本分工作，那就是製造排場。

主席台的第一排就在台下，按照官位的大小入座。電視台來的節目組導演被安排坐在書記的左邊，而路金波則坐在書記的右邊，他是這個節目的贊助商，也是亭林鎮的大客戶。路金波身著藏青的中裝，胸前別著大紅花，與在場的領導親切地交流著。

亭林鎮的大禮堂一共能容納六百多人，同時也是電影院唯一的大廳。這個大禮堂坐落在河邊，正在進行改造，已經改造了一半。禮堂裡能容納八百多人，加了兩百多個座位。這次的售票充分採用了鐵道部門的規章，分爲軟座、硬座、加座以及站票、門口票和窗票。軟座一共四百席，是電影院的改造計畫中的一部分，軟座的票五十元一張，但基本都由關係戶預留；硬座票四百張，票價三十元，對老百姓開放，採用了身份證登記然後再抽籤的奧運開幕式規則，這樣也可以避免外地人混入；加座是十五元一張，同樣要憑本地身份證購買；站票十元一張，一樣也需要本地身份證。接著就是大禮堂門外的看票了，大禮堂有三個門洞，每個門洞都可以看到會場和舞台，因爲大禮堂本身有台階，門洞是在台階上的，這樣就方便了管理，只要購買看票的，放上台階就可以，其他人在外面聽廣播。最後一檔爲窗口看票，兩元一張，唯一的缺點就是看不到舞台和容易起霧，只能看到觀眾席，但可以根據觀眾席上的反應來揣測舞台上的節目，是喜歡意淫的朋友的最愛。過來捧場的觀眾明顯超過了主辦方的預期，而且因爲站票的不可控制，所以會場裡至少擠了有兩千人，密度超過了春運的火車。

左小龍也來了。但他只是一個觀眾。他得到了一張加座的票。大帥沒能夠買到票，只能帶著他招收的啞小孩在外面湊熱鬧。左小龍本來想給泥巴也買一張，但是他沒有買到，因爲泥巴沒有身份證。左小龍這段時間情緒低落，他實在是沒能做成任何事情，而且因爲惦記著早點還泥巴錢，工作過於勞累，吃得太沒營養，導致肛門發炎。縱然這樣，他還是把插在自己屁眼裡的溫度計數量提升到了六隻。這已經是極限了，再多，溫度計的壁就不能碰到皮膚了，只能測量個屁溫度。而且最近溫度計廠特別忙，好像接到了一個大訂單，每天都趕工，左小龍快支撐不住了，這個夜晚是他難得可以輕鬆的夜晚。

左小龍坐定，突然間旁邊傳來熟悉的聲音，說道：是我。

左小龍往右邊一看，是泥巴。他詫異地問道：你怎麼進來的？你不是沒買到票麼？

泥巴說：我想進來就進來囉。

左小龍說：你怎麼能挑位置的，坐在我旁邊？票那麼緊張。

泥巴撅起嘴有點不悅，道：我想坐哪就坐哪囉。你就當是湊巧唄。

左小龍掃視了泥巴一圈，問道：你是什麼人？

泥巴嘿嘿笑了兩聲，沒有言語，說：看節目吧。

突然間，窗外流光溢彩，天空被煙火照亮了。左小龍身在禮堂，不知道外面的熱鬧，買了看票的人都指著天空議論紛紛，神色興奮。

後來，據大帥講，這天的煙花是他這輩子見過的最美的煙花。煙花像瀑布一樣灑落下來，綿延一公里長，最高的煙花足足插入了天空數百米，然後散開，就像上帝在彈菸頭。在整整五分鐘的煙火表演後，又不知道有多少發禮炮。禮炮聲中，最後停放在河中央船上的禮花引爆，幾個大煙花逆風而上，衝破煙霧，在空中爆成了一個字，這到底是個什麼字，引發了很多群眾的猜想。根據一河之隔的群眾講，他們看見的是一個「和」字，但身在對岸的大帥說，從這個角度只看見了一個「吐」字。

煙花結束，硝煙味道瀰漫到了會場裡。觀眾們紛紛鼓掌，節目開始了。左小龍沒有鼓掌，他有些惆悵，因爲在最後的時刻，他都沒有放棄，他們三人練習了曲目，而且連後路都已經留下，實在不行，他就和大帥講相聲也得上。這是一個盛會，必須得趕上它，左小龍覺得，如果一開始做了觀眾，那麼以後就一直是觀眾，如果一開始做了演員，那以後就一直是演員。

不幸的是，主辦方無情地拒絕了他的報名，因爲報名早在兩週前截止了。他只能做一個觀眾。主辦方告訴他，能做觀眾，已經是你的幸運。

聚光燈下，主持人上場了。不例外是一男一女。他們上場說道：各位領導，各位嘉賓，各位觀眾，大家晚上好。（掌聲）首屆波波杯亭林鎮文藝晚會正式開始了。（掌聲）

首先，請允許我介紹一下參加本次晚會的領導和嘉賓……

不允許！外面一個年輕人大聲叫道，會場一片哄笑，領導面色難看。這位青年只是想早點看到演出。很快，他被維持秩序的警察帶走了。但是這個罪名很難定，因爲他的確有不允許的權利，可問題是他此刻沒有不允許的權利。所謂師出有名，最後，警方控訴他違反了亭林鎮圖書館「不准大聲喧譁」的條例，被驅逐出看票區。

晚會繼續進行。在介紹完嘉賓以後，節目開始了。

首先上台的是一齣黃花戲。這齣黃花戲是老劇新排，劇本由村委會進行了重新創造，歌頌了當地村民王秀梅的事跡。它講述了這麼一個故事：

在拆遷過程中，拆遷辦遇見了釘子戶劉大虎，劉大虎是一個光棍，而且父母雙亡，祖上給他留下了一套房子。因爲劉大虎的父親死前給他的遺言是：兒啊，爹無能，就留給你一個房，你不要怪爹，好好看著咱的房。所以他不願意搬遷。他是亭林鎮最大的一個釘子戶，因爲他孤身一人，無牽無掛，沒有工作，所以拆遷辦很難下手——既不能向他父母施壓，也不能讓單位施加壓力。拆遷辦用盡了一切辦法，斷水斷電斷煤氣，但是劉大虎的生存能力很強，他過上了點蠟燭，每天挑水和鑽木取火的生活。拆遷辦又對村鎮上的居民們加強了思想上的宣傳，劉大虎成了一個自私的心中沒有集體的個人主義者，鎮上的菜市場不再賣菜給他，而糧店也不再給他米。但是，這一切都沒有妨礙劉大虎生存下去，劉大虎拿起了魚叉，自製了弓箭，每天過著捕捉野物的生活。而鎮上的居民對他的自私自利都很憤怒，商店也不願意賣衣服給他，劉大虎身上的衣服漸漸腐爛，他就把動物的皮毛做成外套，兜在私處遮羞。眼看群眾發動的正義運動不能打倒這個頑固派，最後鎮裡的辦法是徹底孤立他，鎮裡拖欠本村其他農民的拆遷款，說，只有劉大虎拆了，才算是動遷成功，劉大虎不拆，一半的拆遷賠款得扣著。村裡的其他農民對劉大虎進行了勸說辱罵和毆打，但一切正義旗幟的舉動都不能動搖劉大虎。在節目的高潮，領導們去看劉大虎，對著猿人一般的劉大虎，鎮長一針見血地說：你這個個人主義享樂派，你耽誤了集體啊。

關鍵的時候，王秀梅出現了。劉大虎從小喜歡王秀梅，王秀梅家裡母親病重，等著另外一半的拆遷款看病，王秀梅見到劉大虎說：大虎，只要你願意搬，我就嫁給你。

就這樣，劉大虎終於搬遷了。

王秀梅是一個英雄，是一個爲了集體願意犧牲自己的女中豪傑，她顧全大局的思想應該值得我們所有人學習。

演出結束後，第一排領導的掌聲如雷，鎮長看得淚水不止，他說：誰知道我們在發展的過程中遇到的艱辛和阻力啊，群眾們有多少的不理解，我們都熬下來了，這個戲好，這個戲充分體現了我們拆遷辦同志工作的認眞啊。如果人人都有王秀梅這樣高的覺悟，那我們的工作就好做了。

評委們紛紛點頭讚許。

第二個節目是由婦聯選送的歌曲——〈我們要結紮〉，歡快地，積極向上地：

我們是一個人口的大國／我們的糧食有很多／我們是東方的一條巨龍／我們的負擔很沉重

白天我們很勤勞／夜晚我們更勤勞／但我們響應國家的號召／國家的號召／國家的號召召召召……

爲了未來／只生一個／一個小孩／致富發財／如果再有／那就墮胎／國家才能／煥發光彩

我們要結紮／我們的臉上樂開了花／我們要結紮／結紮你／結紮我／結紮她／我們要結紮／生多了容易生出人渣／我們要結紮／爲了祖國媽媽

歌曲引發了經久不息的掌聲，母親們對於這首歌特別能夠感同身受。但是領導們普遍覺得共鳴不大，因爲他們都希望有不止一個小孩。

第三個節目是由亭林鎮幼兒園選送的大班兒童大聯唱——完整版的〈國際歌〉：

起來／飢寒交迫的奴隸／起來／全世界受苦的人／滿腔的熱血已經沸騰／要為眞理而鬥爭／舊世界打個落花流水／奴隸們起來／起來／不要說我們一無所有／我們要做天下的主人／這是最後的鬥爭／團結起來到明天／英特納雄耐爾就一定要實現／這是最後的鬥爭／團結起來到明天／英特納雄耐爾就一定要實現

從來就沒有什麼救世主／也不靠神仙皇帝／要創造人類的幸福／全靠我們自己／我們要奪回勞動果實／讓思想衝破牢籠／快把那爐火燒得通紅／趁熱打鐵才會成功／這是最後的鬥爭／團結起來到明天／英特納雄耐爾就一定要實現／這是最後的鬥爭／團結起來到明天／英特納雄耐爾就一定要實現

壓迫的國家空洞的法律／苛捐雜稅榨窮苦／富人無務獨逍遙／窮人的權利只是空話／受夠了護佑下的沉淪／平等需要新的法律／沒有無義務的權利／平等也沒有無權利的義務／這是最後的鬥爭／團結起來到明天／英特納雄耐爾就一定要實現／這是最後的鬥爭／團結起來到明天／英特納雄耐爾就一定要實現

礦井和鐵路的帝王／在神壇上奇醜無比／他們除了勞動／還搶奪過什麼呢／在他們的保險箱裡／勞動的創造一無所有／從剝削者的手裡／他們只是討回血

債／這是最後的鬥爭／團結起來到明天／英特納雄耐爾就一定要實現／這是最後的鬥爭／團結起來到明天／英特納雄耐爾就一定要實現

國王用和諧的煙霧來迷惑我們／我們要聯合向暴君開戰／讓戰士們在軍隊裡罷工／停止鎮壓離開暴力機器／如果他們堅持護衛敵人／讓我們英勇犧牲／他們將會知道我們的子彈／會射向我們自己的將軍／這是最後的鬥爭／團結起來到明天／英特納雄耐爾就一定要實現／這是最後的鬥爭／團結起來到明天／英特納雄耐爾就一定要實現

是誰創造了人類世界／是我們勞動群眾／一切歸勞動者所有／哪能容得寄生蟲／最可恨那些喝血的毒蛇猛獸／吃盡了我們的血肉／一旦將它們消滅乾淨／鮮紅的太陽照遍全球／這是最後的鬥爭／團結起來到明天／英特納雄耐爾就一定要實現／這是最後的鬥爭／團結起來到明天／英特納雄耐爾就一定要實現

唱完，幼兒園的孩子們突然間「哦」一聲散開，每個人捧起一束鮮花，向領導評委和嘉賓們送去，這一招得到了大家的巨大歡喜。主席台上的人笑得合不上嘴。書記說道：這〈國際歌〉由幼兒園的孩子們唱出來，顯得是別有一番韻味，感到非常融洽啊。

路金波連忙附和道：那是，那是，當然融洽了，本來就是無產階級的歌曲，他們就是無產階級麼，所以他們唱最合適。

書記說：好，聽得我很有感觸啊。

他拿起節目單，對照著歌詞念道：壓迫的國家空洞的法律，苛捐雜稅榨窮苦，富人無務獨逍遙。窮人的權利只是空話，是誰創造了人類世界？是我們勞動群眾，一切歸勞動者所有，哪能容得寄生蟲……國王用和諧的煙霧來迷惑我們，我們要聯合向暴君開戰，讓戰士們在軍隊裡罷工，停止鎮壓離開暴力機器。可是我以前怎麼沒聽過這段？

路金波說：哦，這是完整版的，未刪節版的。

書記說：嗯，還是刪了好，囉嗦，還是原來的簡潔。英特納雄耐爾，就一定要實現麼，這句在就行了。

第四個節目是黃瑩的獨唱。黃瑩一身純白的裙衣，頭髮紮起。左小龍和路金波聽得如痴如醉，但是這個節目沒有得到領導的首肯。愛情就是個上不了檯面的玩意兒。黃瑩按照原來的歌詞唱完，向大家深深鞠躬，道：很高興在這個舞台上唱屬於我自己的歌，可能不是很合適，但是，這是我自己的歌。

左小龍和路金波劇烈地鼓掌。

第五個節目是詩朗誦，由亭林鎮走出的先鋒派現代詩人，詩歌協會副會長親自上台朗誦，朗誦自己新創作的詩歌——〈聽話〉。詩人站上台，挺直了腰，潤了幾下嗓子，對著話筒，說道：

燈光暗下來……

調光師連忙把燈光調暗。

話筒響一點……

音響師連忙把麥的聲音調大。

台下安靜些……

台下的觀眾停止了閒話，都盯著這個領導。

給我一杯水……

司儀連忙把水遞了上去。

給我一張椅……

主持人連忙端了一張椅子過去。

世界多美好……

因爲沒人名叫世界，所以不知道誰該上台去了。

如果如這般……

台下依然寂靜。

詩人站起來道：我的詩朗誦完了。謝謝大家。

鎮長第一個醒悟過來，說：好新穎啊。這現代詩好，還帶有互動，燈光暗下來，話筒響一點，台下安靜些，給我一杯水，世界多美好，如果如這般。好好好，這詩歌叫什麼名字來著？

旁邊人接道：聽話。

第六個節目是舞蹈，舞蹈的名字叫《跳出和諧的音符》，由電信局選送。

……

在群眾們的議論聲中，最後一個節目上場了，亭林鎮合唱團，他們匯聚了亭林鎮最會唱歌的人，由醫生、護士、病人、警察、罪犯、加油站工人、處長、職工、老師、學生組成的上百人的亭林鎮合唱團。

這就是左小龍的夢想。實現不了自己的夢想不痛苦，痛苦的是被別人給實現了，還在自己眼前。這其中的每一個人，左小龍都想把他們扛回家，扛到雕塑園裡，用指揮棒指揮他們唱歌，左邊低音，突然高音部，然後重唱，再中音部……想著都讓左小龍迷醉。這個夢想源於左小龍小時候，班級裡組織了合唱團，但是沒有指揮。音樂老師要挑選一個指揮，讓小學生們都伸出了手指，說，來，老師看看誰的手指甲剪得最乾淨，老師就讓誰指揮。左小龍就是因爲在前天晚上剪過手指甲，所以被挑選當上了指揮。他很不樂意，但是當他上台以後，指揮棒揮起，那邊的人們歌聲就響起，指揮棒落下，那裡就寂靜無聲，沒幾下，左小龍就徹底愛上了指揮。之後，左小龍去過很多的班級，學校，社區合唱團，但都沒能當上指揮，因爲大家普遍不以誰的指甲乾淨作爲標準。

燈光漸漸弱下。指揮鎮定地翻開樂譜，所有的人和樂器都需要等候他一個人就緒。突然間，他手一顫抖，音樂起。左小龍的手也猛地抖動了一下，脖子驟然伸長，但他突然想道，自己的隊員甚至都還在大禮堂外面，還沒有資格進來，他的脖子一下縮了回去。

合唱團配合得完美無缺，他們唱道：

楓林／竹林／不如我們的亭林／樹林／森林／不如我們的亭林／東海邊的明珠／太平洋畔的水晶

亭林／你的騰飛讓世界震驚／亭林／你的博大讓文藝復興

這裡湖面總是澄清／這裡空氣充滿寧靜／雪白明月照在大地／照出一地的GDP

亭林／亭林／你的前途／一片光明片光明片光明光明光明明明明

三個發展／四個必須／五個有利於／時刻牢記在我們的心／我們生是亭林鎮的老百姓／死是亭林鎮的小精靈

歌畢，所有的燈光亮起，全場起立鼓掌。這首歌除了當中有一段比較耳熟以外，情眞意切，生動形象，作爲亭林鎮的鎮歌，當之無愧。書記表示，在亭林鎮入口處，亭林鎮的大牌坊上，立即讓人趕製一副對聯，上下聯是：

生是亭林鎮的老百姓

死是亭林鎮的小精靈

橫批：

世界震驚

本來，由於前面精彩紛呈的節目，評委們一度擔心，亭林鎮的鎮歌壓不住場面，但是，最後的表演讓大家耳目一新，氣氛由這首鎮歌〈亭林頌〉達到了高潮。因爲大家都是憑本地身份證才能入內的，所以感覺氣場特別相吸。當地老百姓被久久壓抑的激情也得到了釋放，突然台下有人喊道：把外地人趕出去！收復亭林鎮！

喊這一聲的正是左小龍。這個口號得到了大部分人的響應。人們紛紛覺得，長此以往，亭林鎮會徹底失去本地人，成爲一個殖民鎮，他們的習俗、文化，包括一切陋習、美德，全都不復存在。這一切都是由這些工廠所引起的。但他們又離不開這些工廠，所以，最好的結合就是他們在這些工廠裡，大家再也不必用普通話進行交流，而某人丟失了一輛自行車重新成爲這個鎮上的重大話題，並且能在半天內被人肉搜索出來。而不是現在，年輕人都去了大城市，難以生存，老年人依靠外地人，維持生存，外地人靠著工廠，艱難生存，工廠靠著污染本地，得以生存。突然間，在亭林鎮鎮歌的激勵下，左小龍想明白了，只要驅趕掉外地人，生物鏈就更完善地連接上了。大禮堂裡頓時成爲了本地人思辯大會。左小龍突然體會到群眾運動的成就感，他站起來說道：支持我的揮手！

在此刻，左小龍第一次覺得自己成爲了英雄。倘若黃瑩此時在他身邊，他必然一把摟過，向大家介紹道：我的女人！

站票裡全部都舉起了手，加座裡有一大半人舉了手，硬座裡有一半人舉了手，而軟座處只有一隻手。左小龍格外注意軟座處的手，他爬高一看，發現這個人是劉必芒。

當然，也有很多人反對，他們在台下議論，如果趕走了外地人，他們每年每戶將損失一萬多元的租金，而且內需也無法擴張，工人抬價以後，工廠的生產成本提高，導致招商引資的魅力下降。

左小龍愈發興奮，他終於找到了比指揮更加富有樂趣和體現自我價值的事情。他絲毫不顧泥巴的拉扯，爬到椅子背上，說道：我們不要招商引資了，我們像以前一樣種田。

說完，大家頓時一片噓聲。

外面的警察們望著會場裡面，不知所措——上頭還沒有給予他們命令。但是他們覺得應該有所行動，便四下找自己的領導，結果發現他們的領導在裡面和人們激烈地辯論。

在這個事關意識形態的重大時刻，代表了意識形態的書記上台了，他拿起話筒，說：同志們啊，請大家安靜一下。

今天這個晚會，很好，我很感動，我看到了凝聚力。但是，這個凝聚力，我們不能把它局限在戶籍上，我們都是中國人嘛。我也是外地人，我們波波印刷廠的老闆，路先生，也是外地人嘛，但是，沒有他慷慨地搭台，我們能在這裡，享受文藝帶給我們的歡樂麼？

在發展的過程中，我們必然會有所犧牲。所以，我提出了三個發展，四個必須，五個有利於，分別是，發展經濟，發展文化，發展思想，必須堅定不移，必須一心一意，必須勇往直前，必須不被動搖，有利於啊……

書記一時自己有點犯迷糊，領導們比較崇拜大領導，眼看大領導喜歡提出兩個三個四個那樣的口號，所以自己在制訂小方針的時候，總是不忘幾個什麼，通過開會和內部報紙反覆地渲染，當他調任或者退休的時候，這幾個什麼就是他的政績。但苟書記有點貪心，提出的口號過於講究排場，搞得自己總是記不住，反正就是有利於能得到利益的人唄。書記跳過了五個有利於，接著說：

但是，我們對於本地人也應該有適當的保護，否則對他們的衝擊太大了。所以，鎮裡正在醞釀，最近我們鎮上有一個很大的機遇，那就是因爲波波印刷廠的特殊排放，產生了奇效，所有鎮裡的動物都變大了，我們可以利用這個優勢，首先，大力發展旅遊業和餐飲業。尤其是餐飲業，可能可以吸引到世界各地的旅客；其次就是旅遊業，我們考慮，將雕塑園改爲野生動物園。但是，這些方面的經營權益，我們考慮只給本地的居民開放。

台下歡呼聲響成一片，各種紙片被拋到了空中。

書記示意大家安靜，道：當然，這只是一個研討的階段，但是你們放心，在大力發展經濟的同時，政府還是優先考慮到當地居民的生活的。你們要相信政府。

台下異口同聲喊道：相信。

左小龍遇人不斷說道：那些東西不能吃的，那些東西不能吃的。但沒有人再理會左小龍的話，不能吃意味著沒有錢，錢就是我們的信仰，我們不能失去信仰。從一個一呼百應的英雄到一個無人理會的小民，左小龍只紅了三分鐘就過氣了。

台下有人提問道：那萬一我們的動物變回原來的大小了怎麼辦？

台下一片譁然，大家交頭接耳，覺得這是個很重要的假設。這些動物現在是他們發財的籌碼，萬一變回了老樣子，那他們也變回老樣子了。

書記說：這個我們誰都不能保證，但今天，《走進科學》節目組也在現場，他們就是來進行科學調查的，前幾天，我和他們交流過，這種變異是不可逆的，而且基因也發生了變化，意味著，這些動物生的小孩，也是那麼大的。

台下掌聲雷動。左小龍只能坐在座位上，遙看著軟座上的劉必芒和玻璃窗外的大帥發呆。大帥聽書記的演講正聽得入神。他突然想到了自己身邊的泥巴。泥巴已經睡著了。

書記說道：同時，我們也要波波印刷廠幫忙了，務必請路先生的印刷廠要不斷地排放這種特殊的……特別的……特種的……這個……化學物質啊。

路金波站起來，轉身向大家揮手。後面爆發出劇烈的掌聲和哨聲，大家不斷叫好。

書記向大家鞠了一個躬，再次引起了掌聲。這是一次成功的演講，書記也明顯是有感而發，因爲他連排比句都沒顧上使用。左小龍作爲一小撮的，明眞相但又不明眞相的群眾，茫然在會場裡。在這麼多話裡，他只記得一句，那就是雕塑園將要變成野生動物園，而泥巴則在旁邊長睡不醒。

這時候，主持人邊鼓掌邊上台了。男主持說道：非常精彩，這次的晚會非常精彩，我們不光欣賞了精彩的文藝演出，還欣賞到了精彩的演講。現在，到了最扣人心弦的一個議程，經過專家組的評審，我們要揭曉本次晚會的獲獎名單了。首先，請大家欣賞舞蹈——《阿哥阿哥你別走》。

舞蹈中，書記問路金波道：你覺得哪個節目不錯？

路金波說：我覺得都很好，都很好，雖然我不是本地人，但我也深受感染啊，這個藝術眞是沒有疆界啊。但是我覺得黃瑩不錯，很清新，而且在這樣的一個節目裡，她唱了自己的歌曲，很有勇氣，我覺得應該給她一個獎。

書記連忙招來秘書，耳語幾句，秘書弓著腰就從台下快步進了後台。

舞蹈結束後，主持人上台，宣布道：我們先公布第三名，第三名是由婦聯選送的《我們要結紮》。評委組認爲，這首歌思想正確，感情眞切，描繪了婦女翻身解放以後，社會地位提高、思想覺悟也跟著提高的情景。

下面請大家欣賞舞蹈——《採人參》。

舞蹈結束後，主持人上台，宣布道：我們再公布第二名，第二名是由黃花村村委會選送的黃花戲。這齣戲體現政府工作人員在工作中的認眞負責，想盡一切辦法，爲群眾利益、爲集體利益著想，還生動地刻畫了一位偉大的女性——王秀梅。

下面請大家欣賞舞蹈——《神舟飛神州》。

舞蹈結束後，主持人上台，宣布道：我們再公布第一名，第一名是……亭！林！頌！

宣布時，〈亭林頌〉的伴奏帶響了起來，台下有人拿著歌詞本開始跟著吟唱。台上的小禮花也紛紛綻放。禮堂裡的人開始準備離開，大家在紛紛討論究竟是《我們要結紮》該得二等獎呢還是黃花戲《王秀梅》該得二等獎。突然間，女主持上台，說道：我們還有一個獎要宣布，現在我們宣布的獎項是，波波特別獎，這個獎是由路金波先生臨時增加的一個獎項，專門頒發給有著精彩演出、但沒有能夠入選前三的選手，這個獎發給我們的……黃瑩小姐！

迎賓的音樂再次響起。觀眾們等了半天沒見黃瑩出場。場面稍顯尷尬，路金波也是四下掃視。過來一個工作人員，在耳邊對路金波和書記說道：黃瑩一唱完歌就走了。

書記說：你媽在不在現場？

工作人員道：在。

書記說：讓你媽上去，讓主持人說這是黃瑩的媽，她是來代領的，黃瑩身體不舒服先回去了。

工作人員忙點頭稱是，一溜小跑照辦。

書記對路金波說：不好意思啊，不好意思啊，小妞不懂事。下次介紹給你認識一下，看看有沒有什麼合作的機會。

路金波起身道：下次，下次，不要緊的，不要緊的。我們這個是肯定要做下去的。

在晚會的最後，男女主持人上台，他們說道：在本次晚會的最後，我們高興地宣布，第一屆波波杯文藝晚會圓滿成功，為了感謝所有前來觀看的領導嘉賓和觀眾們，組委會特地為大家準備了一個小禮物，同時，我自豪地告訴大家，這個禮物也是我們亭林鎮生產的。非常實用，那就是……溫度計一支！

大家紛紛叫好。除了領導們和演員們的溫度計是禮儀小姐現場分發的以外，其他人都在退場的時候索取。剛才那些演員和領導們看到溫度計，非常好奇，紛紛塞進嘴裡，互視而笑。退場的人也排起了長隊。

左小龍推醒了泥巴。泥巴迷迷糊糊睜開眼睛，問道：結束啦？

左小龍點頭。

泥巴說：我腳麻了……

左小龍說：那你坐著，我先走了。

泥巴一隻腳站起來說：別別，我跳著走就是了。你今天好厲害啊。咦，怎麼散場都要排隊啊？

左小龍道：領紀念品，算了，咱們不要領了，從邊上走吧。

泥巴讚許道：嗯，我就喜歡不貪小便宜的男人。

左小龍不知道該如何說才好。走進夏日午夜的微風裡，他摟緊了泥巴，河水映著昏暗的路燈，退場人群的倒影在裡面蕩漾。左小龍走了幾步，發現有人在對他指指點點，路邊人的竊竊私語都彷彿是在評說他當時的舉動。雖然這次失敗了，但那是因爲左小龍不能給別人任何的利益。但他想，左小龍這個名字勢必會被鎮上的居民傳誦一陣子。在這濕熱的空氣裡，他自己都沒有想明白要幹什麼，但這樣也好，反正想明白的事也都做不到。

走著走著，他看見了書記的車停在街邊，他照例將轎車的反光鏡外折，還忿忿不平道：媽的，要不是怕破壞他人財物，我他媽眞想把他的車畫了。

泥巴嚴厲阻止道：不要。

左小龍嚇了一跳，這是泥巴唯一一次使用這樣的語氣。左小龍忙說：我當然不會，我開玩笑而已，這種下三濫的事我幹不出來。

泥巴意識到自己失態，笑說：你不會的。

左小龍和泥巴順著河邊走，人群散去得差不多了。路燈也越來越暗，暗到人的臉如同映襯在燭光裡。泥巴抱緊左小龍，說：我要回去了，你送我。

左小龍開著他的摩托車用超過一百的速度穿越過亭林鎮的老街道，兩邊的捲簾門被劃破的氣流捲得嘩啦作響。左小龍沒有戴頭盔，頭髮被風吹動，拍打在泥巴緊貼的臉上，泥巴一手抱著左小龍，一手拎著她送給左小龍的頭盔。在天亮時尚算繁華的街道此刻空無一人，本來寬闊的街道在高速下變得異常冷冽狹窄，彷彿只能通過一部摩托車。泥巴緊緊抓抱住左小龍的腰，低頭不看前路。路面的不平都被高速行進的摩托車燙平，新發動機的聲音響徹這個鎮子，影子接力般承托交遞著兩人的黑色影像，投在昏黃的地面上。左小龍不經意間開過上次爆缸的地方，發現那家店還開著。但是店主再沒有播放音樂，而是在角落裡進行一些製作。左小龍上前道：喂。

蹲在地上的店主猛然一回頭，發現是左小龍，下意識往旁邊看了看，道：你的摩托車修好了啊？

泥巴拉了拉左小龍的手，說：算了。

左小龍對泥巴說：泥巴，只是打個招呼。

左小龍轉頭對店主說：怎麼不放音樂了？

店主道：哈哈，咱以前的恩怨一筆勾銷啊，不過，現在我顧不上放音樂了。我這雜貨店都不打算開了。

左小龍不屑地問：那你幹什麼去？

店主掂了掂手裡的工具，道：電魚去。

空中飛過一隻大鳥。

左小龍回身跨上摩托車，繼續開往夜色裡。泥巴把耳朵貼在他的背上，道：我聽到你的心跳了。

在瘋狂的世界裡，有個女孩可以安靜地隨你而去，是多麼幸運的事。只是左小龍不曾明白。

亭林鎮的文藝晚會非常成功，領導們都非常高興。同時，喜訊頻傳，亭林鎮的旅遊業眞的發展起來了。亭林鎮出現了很多大字輩的餐廳，其中以大青蛙餐廳最爲有名。每天來往雕塑園的人也明顯增多，因爲當地人都想要在這片大野地裡抓點野貨。但不是所有的動物都喝到過龍泉河裡的水，所以動物的大小參差不齊。不過最慘的就是那些公的，因爲當牠們和母的走在一起談戀愛的時候，人們總是以爲那些公的是變異了的，總是率先將牠們捕獲。這符合規律，世界大亂的時候也肯定是男的先倒楣。

被人們抓起來囤養的大動物越來越多，家家的後院裡養著幾隻，等待下鍋。但最讓人羨慕的莫過於村裡老黃家的牛，所有的小孩見到牠，都要問父母：爸爸媽媽，爲什麼大象不長鼻子呢？

父母的解釋是：牛。

不過，受益最多的莫過於龍泉河裡的魚。在陸地上的動物不一定都變大，而魚無一例外都大了。從發現變異的那天起，龍泉河的水閘就放下了，亭林鎮段的龍泉河以及其他支流成爲了人民的天堂，只有在五十年代海報裡才能出現的豐收在亭林鎮上演了，亭林鎮再也沒有出現過一斤以下的魚。亭林鎮居民對這些東西究竟能不能吃還是持有爭論的態度，一半人覺得，當然能吃，你看，還活著；一半人覺得，不能吃，不放心。但大家有一個意見是統一的，就是不管能吃不能吃，還是可以賣給外人吃。

亭林鎮開始熱鬧了起來。和以前都是外地務工人員不同，現在都是大城市裡開轎車來獵奇吃鮮的人們。最先是在周圍城市裡的廣東人組團前來，他們要求，不光吃的東西要怪，而且要吃得怪。他們表示，一些喜聞樂見的傳統吃法可以保留下來，比如水煮活貓，生挖猴腦等，無奈亭林鎮裡沒有猴，所以我們更加願意看看，像老虎一樣大的貓如果水煮是什麼視覺效果。但這個要求有點難，因爲貓沒有直接飲用到龍泉河的水，所以這裡的貓都還正常，但問題是，不知道爲什麼這裡的老鼠都變大了，牠們因爲進不了老鼠洞回不了家，脾氣都很暴躁，到處抓貓撒氣，所以亭林鎮上不剩什麼貓了。商家提出，不知道吃老鼠怎麼樣，各位可以嘗個鮮。

廣東食客們認爲，商家太土帽，老鼠他們早就吃過了，算不得新鮮事物啦。除了人以外，咱們都吃過。

這時，旁邊有人提醒：人咱們也吃過了，你忘記了，上次咱們在那哪吃過死嬰……

既然是吃老鼠，那就要吃出新意來，食客們想出了油老鼠這道菜，因爲傳說中老鼠愛偷油，所以先把大老鼠放在油缸裡，把蓋子蓋住，讓老鼠嗆死，然後開蓋，生吃，別有一番風味。

但更多人是來這裡吃龍蝦和青蛙的。這裡的大龍蝦和大青蛙的價格只相當於澳洲龍蝦和牛蛙的一半，但味道卻是他們的四分之三，所以這是値得的。最關鍵是，這是咱中國自己的大蝦，吃的不光是美味，還有民族自豪感。

這是最讓鎭上領導們高興的事情，因爲可以預見，亭林鎭的發展將要遠遠超過本區的其他鎭，甚至可能在全國排上名次，第一次旅遊業和輕工業完美地結合了。但是，文化也是必須要抓的，因爲工業無論怎麼發展，都有一個極限，最後還是要靠文化來突破的。這是低檔次轉變成高檔次的關鍵。書記在亭林鎭垂釣休閒會館召開了盛大的慶功宴。參加本次慶功宴的有所有的村鎭幹部，亭林鎭大大小小所有的領導都到齊了。

夜色漸濃，曉風拂月，這是一個慶功的好日子。亭林鎭垂釣休閒會館坐落在湖邊。這本不是一個湖，是一個魚塘，但上任的鎭領導認爲，亭林鎭缺少一個湖，所以，魚塘就擴建成了一個……更大的魚塘。擴建後的魚塘四周綠化覆蓋，並承包給他人創建了這個會館。這是亭林鎮接待來賓最高級的場所，會館就建造在魚塘，不，湖的中央，點綴滿燈光的長橋通向餐廳。

湖面餐廳裡燈火輝煌，人聲鼎沸，水面下時不時會有大魚躍起，引得餐廳裡吃飯的人不住驚呼，氣氛到達高潮。但主要領導所在的那一桌依然在爲工作而爭論。爭論的焦點集中在是不是要將這些變異的動物收歸政府所有，由政府統一調控。鎮長的意思是，應該這麼做，因爲這些屬於國家資源，由政府統一管理、統一調控、統一發展比較好。

書記心裡贊同，但有些猶豫，因爲他在波波杯的最後曾經當著上千人允諾，這些變異動物的經營權只給當地的居民。

副書記解釋說：我們還是只將這個權益給當地的居民，但是，我覺得政府要統一管理，避免混亂。

書記點頭。

副鎮長說：如果我們統一管理，按照現在的態勢，光這一項，財政上就可以增收數千萬。

書記說：好了，工作的事情不討論，大家今天放鬆放鬆，畢竟，我們爲老百姓做了這麼多事情，也需要……休閒。

接下來的時間裡就是不斷地喝酒敬酒。有一把手在的地方，其他小嘍囉是必須要醉的。但書記的酒量不好，幾杯下肚，開始亢奮，忽然間，書記站起來，說道：同志們，今天的夜色非常好，但是，溫度有點高，我想下水去游泳，不知道有沒有同志響應啊？大家爲人民服務了這麼長時間，也該享受享受，下水游泳，我們也可以懂得一個道理，水能載舟亦能覆舟，人民群眾就是這水，我們就是這舟，今天晚上，讓我們和這水溶於一體，但我們不要舟，我們用我們的身體，和人民群眾進行最緊密的接觸。

好！席間掌聲雷動，大家交口稱讚書記說話有水平。鎮長說：書記比喻貼切，描述生動，寓意深刻。

說著，書記瞥了鎮長一眼，心想，老子還沒用上心愛的排比句，你倒是先用上了。當官的聽人說排比句就像癮君子看人吸毒，書記嘴癢，說道：好！讓我們一起游，一塊游，一同游！

說罷，書記跳入水中。湖裡的月光被書記矯健的入水衝破，屋頂上霓虹燈的光彩投在水裡，水花的邊緣都被勾勒出了線條。書記時而蛙泳，時而自由泳，岸上的部下們都看得入神。第一個覺悟過來的是參與這次慶功宴最小職務的一位同志，他連忙脫下外衣，躍入水中。書記說：好，小同志你叫什麼名字啊？具體在哪個部門啊？

小同志還沒回答，岸上所有人都覺悟過來，全都跳下了水。湖裡頓時亂作一鍋，人們的各種泳姿劃出各類水花，還不斷有大魚從人群裡驚恐地飛出。有不少人在水裡叫道：救命，我不會游泳！

書記隨手抓起一根十幾米長的繩子，拋向部下們，說：不會游的抓住繩子……

在水裡撲騰的人接過繩子，把腦袋露出水面。有人說道：這繩子好滑啊。

人們往手裡一看，是黝黑的皮質物體。順著繩子的頭望去，大家發現原來是條黃鱔。有人感嘆：不能吧，這麼長的黃鱔！

書記說：有什麼不可能的？在這裡，一切皆有可能。

大家附和著，向湖中心游去。書記說：我們的動作要整齊，要統一，要有力。來，大家把〈亭林頌〉唱起來，跟著節奏游，楓林，竹林，不如我們的亭林；樹林，森林，不如我們的亭林……

在〈亭林頌〉的歌聲裡，大家跟隨著書記游向彼岸。

游了一會兒，書記停下來，向後轉體，說道：有的同志可能體力有點不支，我們休息一下，免得游錯了方向。

大家停止了划水。一旦停止划水，有些不熟水性的人就往水裡沉，他們只能不住地原地兜著圈子游動。

書記說：經過剛才的運動，我清醒了，就像我帶領著你們，我們是帶領廣大群眾的。剛才鎮長說得好，亭林鎮的變異動物，是亭林鎮的寶貴財富，按數量的對比來說，牠們是國家珍稀保護動物，政府有義務、有責任、有決心把這些變異的動物保護起來、統一起來、集合起來，進行合理的規劃、規範的管理、科學的發展，這才是對老百姓最負責的態度。像剛才我們游泳一樣，如果沒有一個堅強的領導，沒有一個堅定的方向，沒有一個統一的節奏，沒有一個穩定的水面，那我們是不能游得這麼好的……啊……

突然間，天邊傳來炫光，水面冒出青煙，一切歸於寂靜。

這是一場慘痛的事故，因爲有人夜晚偷偷電魚，並且就地連接高壓電，導致亭林鎮的優秀領導們全部遇難。

夏天在渾噩裡過去了。在鎮領導全部遇難的日子裡，除了老百姓的生活以外，一切都很混亂。以前人們津津樂道的權利分配，你上我下，一下子全部都沒有了。很快，新的一批領導就上任了，新書記是他領導生涯中的最後一任，只想安穩退休，亭林鎮重回平靜。變異的大動物們都被人們吃光了。爲了支持波波印刷廠，讓印刷廠多印一點書，多造一點紙，居民們自發購買了很多圖書，買了不能浪費，就只能看。雖然波波印刷廠排放著一樣的水，但這些水不再能使動物變大。這讓人們感到非常奇怪。

劉必芒的餐廳沒有能夠熬過夏天，因爲不做大貨，生意慘淡，服務員和他的妻子也對他這個決定表示不能理解，離他而去。又恰逢劉必芒把飯店擴建翻新，錢都投資進去了，過了天最熱的那幾天，劉必芒破產了。他的飯店被收購了。

在這個夏天裡，左小龍依然沒有找到自己的所在。他找到劉必芒的時候，劉必芒再無包廂。左小龍把這個夏天發生的事情告訴了劉必芒，包括他的合唱團沒有能夠成功，最後他只做了觀眾。

劉必芒說：在時代裡，你只是個旁觀者。

左小龍說：我從小都看英雄人物的故事長大，我不想做一個觀眾。

劉必芒說：做觀眾很好了，你看我，只能做個聽眾。

在左小龍的經歷裡，讓他印象最深的便是波波文藝晚會的夜晚。但是他始終不知道自己的目標，因爲暫時沒有目標，所以能做的只有遵循感覺，正如沒有夙願的時候，只能滿足閃念一樣。

在這個夏天裡，左小龍只見過泥巴一次。那次是去還錢的，但泥巴情緒低落，只是抱著左小龍哭泣。左小龍也不問是爲什麼，他覺得可能少女都是這樣。對於左小龍來說，他的感情世界非常簡單，人物也毫無牽連，他所仇恨和討厭的，相當一部分都被電死了，另外一部分是他認爲不符合社會公德的。他的朋友就那些，大帥和劉必芒，他認爲大帥是一個沒有野心的、傻的人。喜歡他的姑娘，泥巴，是上輩子修來的福分，但左小龍希望最後能留給下輩子享用。他喜歡的人，黃瑩，看不到任何可以與她有所發展的希望。

亭林鎮上的外地人越來越多，本地人越來越少，隨著黃家的大牛被殺，亭林鎮沒有任何一種變異生物了，人們把亭林鎮尋遍，將龍泉河抽空，都沒再能發現任何變異的生物。牠們都被吃光了。

這一天，美國的《國家地理雜誌》來到了亭林鎮。來了很多洋人，居民們很新奇，經過一番傳播，大家都認爲是美國有幾個地理老師來了。新的書記接待了地理老師。書記說：坐。

記者們紛紛坐下。

書記說：你們從美國過來，什麼事？

記者們說：因爲我們聽說在中國的神奇的這裡，動物們都變大了。

書記惋惜道：你們怎麼這麼晚才得知這個消息？

記者答道：哦，書記先生，我們對貴國的網站實在沒有興趣，所以很抱歉來晚了。我想獲得一些樣品。我看到了照片，經過研究，你們這裡的現象非常具有科學價值，我們找到這張圖片，這很可能是我們苦苦尋找的，恐龍和鳥類中間的那個過渡動物，具有重大的意義，世界會震驚的。

書記說：很遺憾的是，我們這裡的大動物，都被吃光了。

攝製組交頭接耳一陣，表現得非常吃驚，說：對不起，你們是吃不飽麼？爲什麼要吃掉牠們呢？牠們是多麼神奇的動物。

書記說道：你太不瞭解我們了，隨著改革開放，我們已經吃得很飽了。現在的主要目的是，改善人民群眾的生活快樂感。

攝製組道：那爲什麼要吃掉牠們呢，吃掉牠們你們很快樂麼？

書記說：改善人民群眾的生活滿意度呢，是一個任重道遠的話題。你們說的只是其中的一小部分。

攝製組追問道：那你們如何改善人民的生活滿意度呢？

書記道：這個就是我們政府的工作機密了，我想外國人不需要知道。

攝製組說：我們還是想自己去找找大動物，我們可以自己在這裡拍攝麼？

書記說：你們是境外電視台，我不能做主，我要去問問上級宣傳部門。請你們等候我的消息。

上報到上級宣傳部，上級宣傳部不敢拿主意，然後上報到再上級宣傳部，再再上級宣傳部，宣傳部，宣傳宣傳部的宣傳部，歷時幾週，最後得到了四個字：正面報導。

攝製組踏平亭林，都沒有找到任何大動物的蹤影，但是從當地老百姓的照片中看到了不少。攝製組於是灰心，放棄了找活的的想法，改爲尋找化石，但是遺憾的是，因爲都被吃了，所以沒有留下完整的化石。

左小龍在鎮上遇到了他們，他們問左小龍：年輕人，你有沒有大動物可以給我們？

左小龍道：你們來得太晚了，都被我們……他們吃完了。

經過了對照片和殘骸的分析後，美國的總部覺得非常有研究意義，決定追加製作經費。第二天，全亭林鎮都知道了一個消息，美國的國家地理老師，出資二十萬美金，懸賞一件活的大動物。

當天，鎮上大部分人都在抽自己的嘴巴。很多人計算了自己吃掉的數目，得出的結論是——我吃了三千多萬美元啊，兩億人民幣啊。

這麼一想，的確難以接受，整個亭林鎮情緒低落。

左小龍也爲了二十萬美金在雕塑園裡不斷地尋找，但是在一片雜草裡，他只找到了撅著屁股同樣在尋找的大帥。在迷茫的草地裡，左小龍向著自由女神像奔去。他廢了大力氣爬到了自由女神的肩膀上——這個雕塑園的制高點，他向下望去，希望可以找到一些大動物來改善生活，但是眼前景物令人驚異，只見滿雕塑園都散落著撅起的屁股，大家都在尋找，大家都在後悔，大家都想改善生活。

尋找大動物失敗的群眾們飲水思源，想起了波波印刷廠和路金波。人們圍聚到了路金波工廠的門前，打著標語，希望波波印刷廠可以再次印刷《毒》這本書。人們分析，雖然原材料夠毒，但書不夠毒也無法製造出讓基因變異的廢水來，只有毒聯手，才能做到毒害動物，造福人類。

爲首者用大喇叭喊道：希望波波印刷廠再次造福人民！

造福人民！

造福人民！

底下的人跟著一起喊道。

希望波波印刷廠以大局爲重！

大局爲重！

大局爲重！

「大局爲重」四個字是萬能狗皮膏藥，在必須犧牲一方利益來換取另一方利益的時候，「大局爲重」就要出場了，不想，人民群眾很快都學會了這一手。路金波個人利益需要服從集體利益！個人利益服從集體利益！路金波要服從！群眾們情緒激動，有衝破廠門之勢。

一群想要索取個人利益的人聚集在一起，就變成了高於一切的集體利益。群眾們擁有著很高的模仿能力。集體利益這話一出，就像當年找到了蘇維埃一樣，每個人都彷彿掛靠到了師出有名的思想根基，大家一下子正義化身，群情稍有失控。

這時候，另外一路人趕來了，他們是當年放棄了自己的買賣改做大動物生意的小商人們。他們衝到了隊伍的最前面，對波波印刷廠進行了血淚的控訴。他們提出，波波印刷廠造成了他們巨額的損失，雖然製造了大動物，但是沒有穩定持續地製造大動物，對社會造成了巨大的傷害，給人民財產造成了巨大的流失。如果波波印刷廠不能在短時間內製造出大動物，他們要求得到波波印刷廠的賠償。

他們打出的標語是：波波印刷廠沒有走可持續發展之路，反動。

這個標語打出，群眾們紛紛稱好。我們的社會由一小撮人、不明眞相的群眾和又一小撮人組成。當其中的一小撮和另外一小撮產生分歧的時候，反動就產生了，而保護不明眞相的群眾是最好的掩體。他們永遠是不明眞相的，他們就像未成年的少女一樣，是人們爭相要上的對象。

警方封鎖了波波印刷廠，新上任的派出所所長用喇叭對群眾進行了勸說。

群眾要求對話，條件非常簡單，大動物。把動物變大是波波印刷廠的職責和使命。

在原屬劉必芒的星光包廂裡，路金波喝著酒，透過薄紗的窗簾看著窗外。他緩緩坐下，對依偎在懷抱裡的姑娘說：黃瑩，你說他們傻不傻？

黃瑩溫婉道：你別這樣說我的家鄉人，他們會想明白的，只是一時接受不了而已，就像，就像……

路金波接話道：就像你讓我飽了一下眼福，卻始終不讓我再往下發展，我就會很憤怒對吧？

黃瑩道：你別指桑罵魁的哦。

路金波說：是指桑罵槐。

黃瑩不高興地說：說不過你們這些搞文化的。

路金波站起來，對著窗口說：我也不知道這裡的動物是怎麼變大的。他們現在這樣鬧，無非是因爲自己的生意做不成了，這本身就是給他們的一筆橫財，但天上只掉下來一次橫財，他們撿到了，花了，就指望著天上的橫財過日子。天上沒有橫財了，他們就說老天瞎眼。衝在最前面的那些，無非是因爲美國人答應給二十萬要買一個大動物。假設我再給他們弄出成片的大動物來，美國人怎麼可能再花二十萬來買呢，自己抓一個就回國了。中間的那些，是湊熱鬧的，你看他們高興的。

黃瑩問：那你打算怎麼辦？

路金波道：我不用出面的。

路金波點燃一支香菸，抽了一口，掐滅，道：我不抽菸的。然後悠然看著四周，說，這他媽是誰設計的包廂，眞噁心，瞎了眼了。這裡的生意也做不下去了，我把這個店盤下來，在這個包廂裡掛滿你的照片。

在二樓星光包廂的上面，路金波的腦袋正上方隔開一個樓板處，美國國家地理雜誌社正在進行緊張地拍攝。

很快，防暴警察來了，但是場面更加難以控制，有群眾開始向警方投擲石塊和砸毀波波印刷廠的玻璃。左小龍正好開摩托車路過，他要在旁邊的如海超市裡買些日常用品，看見這裡熱鬧非凡，怔在路邊。

黃瑩看到了，把路金波拉起來，指著樓下說：你看這個在摩托車上的楞頭楞腦的小伙子，他喜歡我。

路金波看了一眼，又坐回到沙發上，托著下巴看局勢。

左小龍不知道這裡發生了什麼，決定在摩托車上先看一會兒再說，到時候再決定到底是參加正方還是反方。但是因爲來得晚，他只看見了衝突，他想，我不是警察，我肯定不能參加警察隊伍，我只能跑到群眾那邊去問個清楚。左小龍停下摩托車，進入了群眾的隊伍，問道：喂，你們在幹嗎？

同時，路金波眼看自己的廠房遭到衝擊，打了一個電話給看門的老頭。看門的老頭立馬會意，拿著一個數位相機出來，爬到門衛間頂上，道：我要拍照了，你們每個被照下來的人，根據照片都要反映給你們的領導和家人，警方會嚴肅處理的。

瞬間，衝在最前方的人群散去了。後面的一看失去了群眾基礎，立馬打道回府了。派出所所長一看這招有巨大成效，使他們沒有使用催淚彈和噴霧劑，因爲一旦使用了上述的物品，這場小規模騷亂的性質就不一樣了。但是，他們必須要找一些別有用心的煽動分子來治罪。他讓門衛老頭從屋頂爬下來，接過相機，轉身對著門口說：還沒走的我拍照了。

空曠場地上只站著左小龍一人。隨著咔的一聲，左小龍被永遠地定格在了照片裡。左小龍突然想到，這是他人生的第一張照片，他走上前去，說：同志，這張照片沖洗出來以後，給我一份好不好？

所長看了左小龍一眼，喝道：你在這裡幹什麼？

左小龍說：我是路過的，我是去打醬油的。

所長道：你不要狡辯了，你倒是很頑固啊。你的後台是什麼？你的動機是什麼？你和外國的什麼團體有勾結？你還是跟我們走一趟。

左小龍旋即被帶上警車。左小龍大聲喊道：我鑰匙還插在摩托車上。

所長只回道：拖到所裡去。

黃瑩看到這一幕，連忙甩門衝下樓，跑到所長面前，著急道：你好，這是誤會，他是我朋友，他是來看我的，你放了他吧。

左小龍在車裡看見黃瑩，他騰了一下屁股，頓時又被按了回去。麵包車車門被旁邊看守的民警瞬間拉上。

所長上下打量黃瑩，問：你又是誰？

黃瑩回答道：我是黃瑩，我是這裡唱……

所長打斷道：不認識你，你要不也到所裡，一起去說說清楚？

路金波趕了下來，給所長遞上一支菸，被所長推開後，道：他們都是我的朋友，誤會，是誤會。

所長徹底暈了，問：你又是誰？

路金波連忙遞上名片，道：我是路金波，我是這裡的董事長，幾個月前的波波杯就是我贊助的，和荀書記和牛所長都是朋友，都是朋友……

新所長不悅道：不要老是拿死人和我套近乎，我也不知道什麼是波波杯，你的這位朋友，現在我懷疑他是主犯，我們需要把他帶走審問，你放心，是好人我們就放出來，幹了壞事你們就誰都沒有辦法了。

路金波感嘆，這小政權一朝換了姓，以前打點的那些都白費了。

黃瑩依然不依不撓地撒嬌道：所長，你就放了他吧。

所長見四周的兄弟們都看著自己竊笑，怒道：端正你的行爲，小心我把你也抓進去，妨礙公務。你和車裡這個人什麼關係？

黃瑩一時不知道怎麼說好，她救人心切，想說得親切點總沒錯，便說道：這個，這個是我男朋友。

所長指著路金波，問道：那這個人和你什麼關係？

黃瑩看著路金波，支吾半天，道：這個，其實這個是我男朋友。

所長聽完，罵道：神經病。上車關上車門，拉著警報離去。

黃瑩看著路金波，道：你要幫我把他弄出來。這個人很單純的，是個好人。

路金波拍了拍黃瑩的肩膀，道：你放心，我會儘量找人幫忙的。但是我在這關係網裡的人暫時都死了，我得想其他辦法。

黃瑩道：我認識的能幫得上忙的也都死了。現在有能力的人中間我只認識你。

路金波道：當地的美女裡，我也只認識你。

黃瑩一笑，轉身上樓。

路金波在後面追著說道：這樣，我的意見是等兩天，這小子如果什麼都沒犯，就放出來了，萬一放不出來，我們再去撈人。

一天後，左小龍被警方釋放。警方本來一定要找出一個典型，但凡稍微能沾上一點邊就能定罪了，結果左小龍眞的是來打醬油的。新上任的派出所所長是個非常厲害的人物，因爲亭林鎭的領導層一下死絕，上級部門害怕誘發社會不穩定因素，所以這位所長是特地被委以重任來到了亭林鎭，他有著豐富的經驗，但是，左小龍放走後，他的感嘆是，說了這麼多年不明眞相的群眾，這是我看見的第一個不明眞相的群眾了。

左小龍也莫名其妙地在派出所待了一天，因爲要名正言順，左小龍還是領了一張罰單，被罰款五十。左小龍這次進派出所的官方理由和審訊結果是：摩托車尾氣不達標。

左小龍出去以後的第一件事情就是要去找黃瑩，他要去感謝她。亭林鎭的秋天和夏天在空中鬥爭，天氣一下酷熱一下秋爽。左小龍從派出所的停車場裡發動摩托車的時候，他感覺秋天來了。這個夏天就這樣過去了。那是眞正地就這樣過去了。當有人問他，記憶裡這個夏天的印象，他會說，就這樣吧。這個平淡無味的夏天，伴隨著泥巴在他懷裡痛哭時髮梢的香味和對黃瑩的盼想，轉瞬間離開了。離開的過程裡，夏天還回眸幾次，讓大地重新溫熱，但秋意已經等得不耐煩。第一片樹葉已經飄落在左小龍摩托車的座椅上。左小龍把落葉插在儀錶板上，發動了摩托車，開到鎭上。

風已經在地面上吹起漣漪，暴雨將至。左小龍隨意找了一個看似居民的人，問道：麻煩問一聲，黃瑩住哪裡？

居民告訴了他地址。他看了左小龍半天，吞吞吐吐道：你是不是就是那個，波波杯上喊口號那人？

左小龍慶幸自己在這樣的一個小地方，隨便一問就能問出心上人的下落，這裡的每個人都知道她。在這裡也容易讓每個人都知道自己。每個人之間都能互相影響，每一個事件都能廣爲人知。他決定，無論有著什麼樣的目標，自己都要在小地方生活，心有多大，世界有多大。

左小龍進了一次派出所以後，膽識彷彿增加了不少。黃瑩住在寺平路五十六號。他找到了這個地址。這是一個老平房，就在一個弄堂口，左小龍把摩托車停在街上，圍著房子繞了一圈。這個老房子有一個後院，後院裡用破竹子圍成了一個小花園，裡面種滿了太陽花。它們的季節結束了，花兒們正在做最後賣力的綻放，太陽花圃上面穿著一條線繩上面晾滿了衣服。左小龍一眼就認出這是黃瑩穿過的。

左小龍繞回到前門，不假思索地就敲門了。他覺得自己必須要這樣，如果假以思索，估計就下不了手了。

被漆成天藍色的房門打開了。黃瑩開門見到了左小龍，淡淡地道：你被放出來了？

左小龍說：是的，我放了。我我，我能……

黃瑩說：你把你的摩托車停遠一點，被別人看到不好。

左小龍連聲說：好好，我這就去停，你等我。

黃瑩道：你再敲門吧。

半個小時後，左小龍敲響了黃瑩家的門。黃瑩打開門道：怎麼這麼長時間？

左小龍喘氣道：我把車停太遠了，我一開車，隨便一擰油門就開出去好遠，我停了車跑回來才知道自己開了那麼遠，不過這下好，已經不會有人看見了。

黃瑩笑出了聲，把門開大，說：進來吧。

左小龍一聽「進來吧」三個字，頓時血往兩頭湧。他突然發現自己起了生理反應，而且他穿了一條運動褲和寬鬆內褲，瞬間表露無遺。左小龍羞愧難當，媽的老子嘴巴還沒表白，雞巴先表白了。穿過客廳，左小龍來到黃瑩的房間裡，連忙找個地方坐下，拉了拉衣角遮蓋，道：這個……有水麼？

黃瑩說：有，有很多水。

左小龍一聽，大腦裡的血液都翻湧了，結巴道：水……

黃瑩說：我是唱歌的，我平時準備各種各樣的飲料，要保護嗓子的，你要喝哪種？是潤喉的還是降火的還是……

左小龍咽了一口口水，道：水就行了。

黃瑩起身給左小龍倒上白開水。

黃瑩的屋子裡充滿了香氣，這香氣和泥巴身上的不一樣，泥巴身上的是少女的芳香，而黃瑩屋子裡的妖香是……

左小龍用力嗅著。

黃瑩發現了左小龍的舉動，說：不好意思，我怕蚊子，所以點了三個蚊香。我拿出去兩個。

左小龍頓時嗅出來，的確是蚊香。透過窗戶，左小龍隱約看見天色晚了下來，太陽花的紅色被漸漸淹沒。屋子裡的色溫讓人發暖，那可真的是名副其實的色溫啊。左小龍有點坐立不安，不知道說什麼好。

黃瑩問道：你來找我做什麼？邊問邊拉扯著自己的衣服，說道，不好意思，我這衣服脫線了，我去換一件。

黃瑩去了衣帽間，她在跨進衣帽間房門的最後一個動作是雙手觸到了自己衣服的下沿，想來下一秒就已經脫下了。不到十秒，黃瑩就換好了一件短袖T恤出來。

左小龍不敢抬頭看，盯著杯子裡的水，喝了一口，道：我來謝你。

黃瑩撫著頭發笑道：謝我什麼啊？

左小龍抬頭看，黃瑩正坐在側逆光的床上，她坐的位置彷彿就是燈光師安排的，每一條光線都在愛撫她的面龐。屋子裡有點悶熱，可能是暴雨將至，在天黑前的最後一剎那，左小龍看見黃瑩身後的窗戶裡，一隻燕子低空飛過。遠處響起了一聲悶雷，眞的是在遠處，就像是有人跳進離開黃瑩家幾百米遠的河裡。屋子裡兩人都不知道說什麼好，左小龍看著一米外的黃瑩，呼吸都急促了，他不禁又喝了一口水。

黃瑩笑著慢慢說道：你怎麼那麼渴，我再給你加點水……

說著黃瑩起身，拿起水壺給左小龍面前小矮桌上的杯子添水。左小龍看著杯子裡的水緩緩漲上，不由自主地抬頭看一眼，突然發現黃瑩這身姿，T恤的領口就在自己眼前。左小龍連忙又低頭看著杯子，看了半秒情不自禁又抬頭看著黃瑩。黃瑩問：怎麼了，你好像很不自在的樣子，你是……

左小龍說：沒什麼，我這次來主要是想謝謝你。

黃瑩把水壺放下，說：你已經說過了。

左小龍舉起杯子，又一飲而盡，想暫時編不出什麼話來，就等著看黃瑩再倒水吧。

黃瑩細聲說道：你眞是渴壞了……

黃瑩站起身，再次拿起水壺，緩步走到左小龍的面前，左小龍雙手握著杯子，暫時不敢抬頭。黃瑩把水壺輕輕放在左小龍的小矮桌上，道：看你這麼渴，就把這個放在你這裡吧，喝完了就自己倒點……

左小龍只得自己給自己滿上，繼續雙手焐著杯子。

黃瑩翹起二郎腿，腳背在自己另外一隻腿的小腿上盤了半圈，撩了一下自己的頭髮，道：你這是冷啊？

左小龍擠出笑意，說：不，不是，水……喝起來方便。

黃瑩沒再問下去，左小龍慢慢閉上眼睛，他聽到在很遠的地方，幾十公里之外，雨水已經落到了大地上，都是碎落的聲音，他還聽到人們打開傘的聲音，這是屬於這個夏天的最後一場夜雨，它將帶走一切的焦炙。左小龍感覺到雨帶正向著這間屋子移來，但是雨水正在減弱，就像海嘯淹沒城市那樣，到了他那裡，應該是柔柔雨絲。就在雕塑園方向，有一道無聲的閃電落下，瞬間的耀眼全當是給黃瑩的臉補光了。忽然間，代表夏天逝去的轟雷響起，第一滴雨水如願地沾到了玻璃窗上。雷聲的餘音在大地裡晃蕩。

黃瑩解開了一個扣子，道：這雨等了半天還沒下下來。

左小龍默不作聲，但感覺渾身的力量都在匯聚。

黃瑩將窗戶打開了一個縫，用一半氣聲一半眞聲說道：好熱啊。

黃瑩問道：你熱麼？

天邊更響的雷聲落地了。

這對左小龍而言就是戰鼓，左小龍告訴自己，一鼓作氣的時候到來了，他端起水杯，一飲而盡。他盯著黃瑩，猛然起身，雙手把黃瑩推倒在床上，壓在身下。黃瑩遲疑了一秒，掐住左小龍的脖子，道：你要做什麼……

左小龍沒有說話，喘著氣，依然牢牢盯著黃瑩的臉龐，向下壓去，黃瑩不敢眞用力掐，照這趨勢如果手上不鬆點力氣，左小龍就等於自己把自己掐死了。黃瑩的手慢慢往下放，把臉側過來，急促說道：你聽我說，你聽我說，你別這樣，弟弟乖，姊姊知道你是在鬧著玩，快鬆開，快……

黃瑩將左小龍撐住自己肩的左手手腕握住，拉到了床上，這一拉，左小龍失去了支撐，徹底壓在黃瑩身上，壓瓷實了以後，左小龍的手反而動不了了。兩人貼著緊挨在一起，黃瑩有些嚴厲地說：你喝水都能喝醉啊，你在想什麼？你要幹什麼？

左小龍的肌肉開始重新聚集力量，他往旁邊掙脫開黃瑩的手，把黃瑩側在一邊的臉扶正，對著她的眼睛，說道：我要霸王硬上弓。

說罷，他向黃瑩的嘴唇吻去。

黃瑩嘆了一口氣，在兩人的嘴唇就快挨上的時候，黃瑩說道：關鍵是，你是霸王麼？

左小龍瞬間凝止了。

黃瑩說道：你不是霸王，你也沒有弓，你不會成功的。

左小龍說：今天由我……

黃瑩說：別鬧了，不可能的，你看看後面。

左小龍覺得自己惡魔附體，用從來都沒有的冷笑對黃瑩說：哼哼，少玩我了，我就看著你。

黃瑩說：我沒告訴你，我和我爸媽是住在一起的，你看後面。

左小龍忽然間腦袋一大，轉身看後面，發現一對和藹的中老年夫婦站在門前疑惑地看著他們。左小龍連忙鬆開手，連滾帶爬從床上跳起來，站著不知所措地道：叔叔，阿姨……

黃瑩從床上不慌不忙地坐起來，長髮黏著汗水掛在嘴邊。黃瑩整理了一下頭髮，低頭繫了一個扣子，說道：爸，媽，你們回房間吧，這是我的男朋友，沒事的。

老人們回了房間，敞開著房門。

左小龍羞愧難當，恨不得從剛才打開的那點窗縫裡蒸發掉。黃瑩說道：你這個白痴，你都看不出來我是和我爸媽住在一起啊？

左小龍道：對不起，我眞的沒注意，我以爲，你這樣的一個女孩子，一定是一個人住的……

黃瑩起身道：對不起什麼？我爸媽看見了對不起我爸媽啊，你對不起我，你說，我是怎樣的一個女孩子？老娘到現在還是處女，老娘是要把第一次留給自己喜歡的人的，留給自己丈夫的，你差點壞了我的信仰，你別以爲我爸媽不在你就能得逞，你再來一次我就揍死你。

左小龍在氣勢上完全被壓倒，無話可說。雨水終於落了下來，灑落在院子裡的每一朵太陽花上，這是它們死前最後的甘露。窗戶很快被打濕，雨絲掛不住從窗戶上往下滑落，打開的縫隙裡透來秋天的海風。

黃瑩整理完自己，看著又坐回小矮凳旁邊，低頭捧著水當酒喝的左小龍，說道：今天的事情，我們都忘記，我已經有喜歡的人了。說不定很多很多年後我會喜歡你。但我不喜歡今天的你。

左小龍問道：你喜歡什麼樣的我？

黃瑩說：這不是什麼樣的你的問題，這是什麼樣的人的問題。我從小就喜歡成功的男人，是已經成功的男人哦，不是覺得自己能成功的男人。我喜歡他們的強大。你別想錯了，我不喜歡他們的錢，他們的錢我可以一分不用，你覺得如果我喜歡從男人那裡騙點錢，我這樣的條件，還會和爸爸媽媽住，還會開小輕騎嗎？我一直在等一個我喜歡的、儒雅的、有風度的、有想法的成功的男人，只要我喜歡他，無論以後發生什麼，我都不離不棄，因爲他戰勝過這個世界。我現在有我喜歡的人了。

左小龍又喝了一口水，道：是不是那個開廠的路金波？

黃瑩道：不是開廠，是做文化，是出版家。

左小龍不服氣道：他就是一個書販子，排毒污染亭林鎮，這是文化嗎？

黃瑩笑道：你是被你的意氣沖昏了頭腦，我不和你說這些。他是我的男人，你該回去了。

左小龍起身，說：謝謝你，替我向你爸爸媽媽賠個不是。

黃瑩收拾起水杯，道：不用賠不是，我是我的，不是我爸媽的，你向我賠個不是才是對的。我一直把你當一個傻乎乎的小弟弟，沒想到，你比我想像的更……更……

黃瑩一時想不出詞。左小龍回頭問道：更什麼？

黃瑩說：更傻。

左小龍走出了門口到屋簷下，黃瑩叫住了他，黃瑩倚著門，在路燈下只有一個剪影，她對左小龍說：你不應該留在這裡，你應該去一個更廣闊的世界，你看見的世界有多大，你的心就有多大。你是個好人，但現在你的心太小了。

左小龍問：你這話是單單對我說的？

黃瑩莞爾一笑，道：是對所有的男人說的。

左小龍掏出摩托車鑰匙，道：謝謝。他轉身走進雨絲裡，那感覺像幾分鐘前黃瑩的頭髮劃過他的臉龐。雨水已經積聚了起來，他的每一腳都濺出水花，街道上空無一人，清場一般把這個不知所云的時刻留給了他們兩人。左小龍知道黃瑩依然在背後看著他，他總覺得有什麼話不曾說完，或者是今天一別以後，真的要衣錦還鄉時才能相見。左小龍不再往前走，他轉身走回去，面向黃瑩，幾欲開口。

黃瑩說道：我沒傘。

左小龍說：不，我想告訴你，我會回來的。還有，如果今天再來一次，我還是和剛才一樣，我不會後悔的。

黃瑩笑出聲來，說：你回去吧，我的身體現在是預留給路先生的。如果你這麼肯定的話，我想告訴你一萬次，你不會得逞的。

左小龍說：你爲什麼比我還肯定？

黃瑩說：因爲我來例假了。

一道閃電落在視線盡頭的地面上。

左小龍回到了雕塑園裡，這裡的雜草沒有看出有衰敗的跡象，但也不再有新的色彩，而且大片大片被人踩倒。他睡下，完成了一件心事，作了一個好夢，到起床已經是第二天的傍晚。秋日的晚霞照在他的皇后號摩托車上，左小龍拿出布，把摩托車擦乾淨，對大帥說：我要去外面的世界了。

當時大帥正在看左小龍屋子裡的書，一本是泥巴送的《切．格瓦拉》，一本書是左小龍自己買的《卡拉揚》，大帥道：好啊，你要去天馬鎮麼？

左小龍堅毅地道：不，我要開摩托車環遊中國。

大帥把《卡拉揚》折了一個角，狐疑地看著左小龍，看了一遍又一遍，道：去吧。

左小龍說道：等遊遍中國，我會回到亭林鎮，然後去找泥巴，然後……我沒想好。我會不會是亭林鎮上第一個開摩托車遊遍中國的人？

大帥道：是，你還是亭林鎮第一個問我這個問題的人，這沒意思。

左小龍不屑道：等我回來你就知道有沒有意思了。

大帥問：你什麼時候出發？

左小龍說：隨時。

左小龍收拾好行李，已經是半夜。其實他未曾想眞正離開這個地方，只是覺得自己的確應該去看看外面的世界。外面的世界去一次大約需要五千公里，左小龍盤算著，他平均每小時八十公里，每天開十個小時，那一天就是八百公里，七八五十六，最理想的狀態就是一個星期以後他就回來了。他在想，亭林鎮將爲此事而轟動。最艱難的狀態是每小時十公里，每天開一個小時，那也只需要一年多就可以回到這裡。左小龍經過了數學計算，對這個世界有點鄙視，雖然只是在一個國家，但世界其實不大，只要不停前行。

前行的起點就是三一八國道。

左小龍以自己的城市爲起點，把通向全國三個方向的國道全部開完，因爲他喜歡開摩托車。這對他來說是最好的辦法。但他的目標永遠不是國道的終點，而是回到國道的起點。本來左小龍要走的是三二〇國道，但他突然發現三一八國道數字要比三二〇小點，爲了方便逐個擊破，他決定先走三一八國道。三一八國道的終點是西藏的友誼橋，五千多公里也正符合左小龍的豪情壯志。如果給他一個一千公里的國道，此刻的他一定覺得當天就能來回。他找到了三一八國道的資料，上面寫道：

三一八國道幾乎就是沿著北緯三十度線前行的。那些偉大的景觀不是在道路的兩旁，就是在道路的南北不出二百公里的範圍內：長江口、錢塘江、西湖、太湖、黃山、廬山、鄱陽湖、洞庭湖、天柱山、神農架、三峽、張家界、武陵源、黃龍洞、峨眉山……這些是我們比較熟悉的景觀，再向西，一些不爲人們瞭解、在傳統文化中也找不到的風景開始進入我們的視野，尤其過去人們無緣欣賞的雪山冰川開始頻頻出現：貢嘎山、海螺溝千米大冰瀑、折多山、雅拉雪山、稻城三大雪峰——仙乃日、央萬勇與夏諾多吉、雀兒山……在這條線上，海拔七千多米的南迦巴瓦、加拉白壘出現了，再向西，世界八千米以上的十四座山峰中的四座——馬卡魯峰、卓奧友峰、珠穆朗瑪峰、希夏邦馬峰出現了，其中珠峰爲地球上的最高點。還有無數的無名雪山和冰川在這條大道的兩旁……

左小龍一晚上很興奮，他覺得通過這件事，自己將與凡人區別開來，成爲一個……自命不凡的人。當天晚上，他滿腦子盤旋的都是三一八國道，泥巴和黃瑩都被拋在了腦後，他終於理解難怪男人有了事業都顧不上女人了……當然，是顧不上熟悉的女人。

當晚，他就夢見自己和皇后號摩托車在三一八國道上疾馳，雪山在他身邊掠過，他穿著短袖，完全不覺得冷，泥巴就坐在他的身後，左小龍問：爲什麼我不覺得冷？

泥巴告訴他：在海拔五千米的時候，你已經冷死了，現在是你的靈魂。

左小龍說：我的靈魂也能開摩托車，太好了。

早上，左小龍迷迷糊糊醒來，心潮還在澎湃，忍不住又去看了看摩托車。

他決定，當他從三一八國道回來，就去找泥巴，和這個女孩在一起，輕鬆愜意，海闊天空，不似見黃瑩那麼緊張。他自己都沒弄明白自己的感情，既然如此，那就讓它弄不明白。不一定什麼事情都得弄明白，這應該是明白人最應該明白的道理。

新的一天到來，很久沒有見到天空像偉哥一樣藍，這激發了左小龍的豪氣。暴雨洗刷了一次亭林鎮，新鮮迷醉的空氣，是故鄉給遠行者最好的禮物。左小龍給自己的摩托車加滿了汽油，他決定巡遊亭林鎮三圈。

左小龍將摩托車開得大聲，路上行人嚇斷魂。他只恨自己不能大聲說出自己的行蹤，他想，大家總會知道的，這樣的大事，經過人口傳播，當天回來的時候，必定受到英雄般的夾道歡迎。

最後一圈的時候，左小龍突然發現有一隻小狗一直在他的摩托車後面跑，左小龍覺得很奇怪，自己的摩托車難道長得很像一塊肉嗎。停車以後，他發現是一條雜種狗，看身上的毛，牠也是被暴雨洗刷的對象。左小龍覺得可憐，從大包裡拿出一點乾糧灑在地上。他決心不耽誤行程，直接拐上公路，向著三一八國道出發。他覺得這次的旅行只是探路，如果好，就讓泥巴坐在車後面一起來，如果又好，說不定可以載上黃瑩一起來。艱難險阻算得了什麼，至少在今天的情況下算不了什麼。

雜種狗也一直在後面跟著左小龍狂奔。左小龍想，路上有個伴也挺好的，等牠跑累了可以把牠擱在包裡或者放在摩托車上，現在趁空氣好，讓牠先鍛鍊鍛鍊。左小龍放慢了速度，小狗在後面吐著舌頭追隨。路人見狀都說，看這開摩托車的犯事了，被狗追得緊。

左小龍從亭林鎮的大牌坊下穿過，上下聯依然是：

生是亭林鎮的老百姓

死是亭林鎮的小精靈

但是，橫批改了，新的領導比較低調，他覺得世界震驚不好，太張揚。於是橫批變成了「文藝復興」。

剛拐出亭林鎮，來到工業區，突然間天空裡又傳來直升機的聲音，左小龍抬頭一看，飛得好低的直升機啊，側面還有人探出身子在拍東西。莫非這麼快電視台就知道了他要去遠行——不，遠征，所以特地派出直升機來跟拍一段？

左小龍一想到就興奮起來，放慢速度，在路上開起S形，幾度差點碾死自己的狗。出了工業區，直升機突然拉高，在空中掉頭，左小龍停下摩托車，和直升機上的人頻頻揮手告別。

開出一段後，左小龍看了看眼下的出發前歸零的里程表，里程表上顯示七，他已經開了七公里了，在五千四百公里的行程中，他已經開掉超過了千分之一的路程。他想，我的進度太快了，我要再開個五十公里，我就開掉百分之一，一下就過去了，三一八國道不就是一百個那麼一下嗎。左小龍想到這裡情不自禁又放慢了速度，他想多感受一下風景，免得一眨眼就到友誼橋上了。

亭林鎭的轄區很快就開出了，左小龍眼看小狗跑不動了，停下車餵了點水，一把抱起，放在油箱蓋上，說：走。

天邊雲朵都匯集成了大塊，夏秋交際的風吹在身上就像從浴缸裡站起來的剎那。一切都那麼美好，去向外面的世界不過如此。開了三十公里以後，左小龍決定穿越這個城市。在城市的邊緣，左小龍看到人們都是騎著自行車，他想，他的西風皇后號一定很威風。在進入這個城市環線的一剎那，左小龍被交警截停了。

很快，清障車到了。

警察敬禮道：你好，你不知道這裡是禁摩的嗎？你的摩托車排量超標，手續不明，我們先要依法暫扣。

左小龍還未及解釋，警察說道：你的狗有沒有狗證？

左小龍搖搖頭，問：什麼是狗證？

警察道：你有沒有身份證？人的身份證就像狗證嘛。

左小龍說：我們剛認識的。

警察道：剛認識牠就坐你車上了？還顯得那麼親熱？

左小龍說：師傅，我和牠眞的是剛認識的，牠就跟我了，你要的話，你就拿走。

警察邊抄單子邊說道：我要牠幹麼？

這時，流浪狗衝著警察大叫一聲，嚇得警察一個字沒寫好，他憤而道：暫扣暫扣，都暫扣。

左小龍哀求道：你就寬大處理我吧，我只是想從城裡走，看看外面的世界而已，其實我是要去三一八國道上，我還得穿越三一八國道，沒有摩托車，我就沒有辦法穿越……

警察打斷道：誰讓你穿越三一八國道的？

左小龍說：我自己要的，我的目的地是友誼橋。三一八國道是……

警察笑說：你別亂說話了，小心把你人也扣了。

左小龍從交警的事故停車場無精打采出來，他的摩托車因為沒有手續而被暫扣。他和處理的民警談了半天三一八國道，他表示甚爲不解：你們都有警車，你們爲什麼不想著要穿越三一八國道？

警察只顧寫，沒搭理左小龍。

左小龍繼續說道：我的摩托車是花錢買的。

警察說：你買的那是沒有手續的摩托車，是走私車，走私車什麼概念你知道麼，就是沒有給國家交過稅的車，你都沒交國家稅，你還想穿越國道？

他走到門口，都不忍心回頭看自己的摩托車和一堆各種各樣的摩托車停在一起。左小龍隨便挑旁邊那部撫了一下，拂去一層灰，發現原來那部不是灰色的，是紅色的，足以見得停放時間之長。左小龍不知道有什麼辦法能把摩托車拿出來，在自己的西風皇后號前蹲了半天，摸摸這裡摸摸那裡，決心一定要把他的摩托車弄出來。有了上次爆缸的痛苦，這次的左小龍剛毅很多。當務之急就是回到亭林鎮再說。

左小龍不想自己開著摩托車出發，結果牽著一條狗回來。在走出交巡警大隊的停車場後，他看見街上車來車往，每個人都和他沒有任何關係。他回頭喚著一路跟隨的流浪狗，突然發現連這個畜生都和停車場看門的大狼狗混成了一片，正滾在地上撒嬌。

左小龍上前兩步，喚道：走不走？

流浪狗看著左小龍，呆了兩秒，繼續和狼狗玩著。

左小龍說：我走了。

流浪狗搖搖尾巴，站起身歡送一步，回去又和大狗打鬧。

左小龍走出十步，說：眞走了。

狼狗衝著他吼了一聲，他的流浪狗站在原地不知所措。

左小龍失望離開，其間忍不住回了兩次頭，但是發現狗都沒有跟來。左小龍爲了讓自己寬心，安慰自己道：算了，算了，好歹找了個公務員。

回到了亭林鎭上，左小龍都沒敢走大路。他覺得有可能大帥已經將他要去穿越三一八國道環遊中國這樣的偉事傳播了出去，居民翹首企盼，但不到半天就走著回來了，這要是沒有一個新聞發布會，還眞說不清楚。

左小龍低著頭在鎭上走，他也沒想好下一步該如何。走了不少路，他發現原來沒什麼人在意這事。突然間，他聽到後面叮叮噹噹一陣亂響，回頭看是一輛自行車，掛滿了彩條和橫幅，掛著大大小小的包，在亭林鎭上騎行。

左小龍不知道來者什麼路數，下意識地靠了邊，騎車者一副餐風露宿的模樣，滿臉都是思想者的鬍子，眼窩深陷，眼神疲憊。

自行車後面的牌子上寫著：單人自行車穿越三一八國道。

左小龍截停自行車，詫異道：你打算騎自行車去友誼橋？

那人用大舌頭的普通話說道：不，我是從友誼橋騎過來的。

左小龍張大了嘴巴，不由得要重新打量這個人，但他的眼睛不能變焦，只得後退兩步，看著他的全景。

左小龍問道：你騎了多久？

那人道：不記得了。

左小龍問：你怎麼回去？

那人道：騎不回去了，騎不回去了。

左小龍道別此人。他又把橫幅披在身上，上面寫著：孤膽穿越三一八，西藏單車到亭林。他將橫幅整理一下，務必每個字都要露出來，蹬上自行車又重新上路。左小龍目送他遠去，旁邊的大媽嘀咕：神經病哦。

左小龍白了大媽一眼。三一八國道在左小龍的心中無比重要，因為有一件事情終於具體了起來。左小龍心情鬱悶，但又不好意思和任何人說。他決定遠眺三一八國道一眼，把摩托車拿出來以後繼續遠行。左小龍覺得要不是中途自己給自己出了一個餿主意，非要去大都市裡，現在他早就已經快到四川了。

全亭林最高的屋頂是電信大樓。很多小地方的最高建築永遠是中國電信，可能蓋得高可以讓人感覺信號覆蓋得好。左小龍爬上電信大樓的頂樓平台，這裡的風明顯要比街上大，整個亭林鎮都在自己的腳下。

可惜這裡看不到三一八國道，視角遠方的景物都在工業迷霧裡。腳下是最繁華的一個路口，這裡有著很多餐廳，兩邊是兩個大超市，超市門口的兩邊都是隨意停放的汽車和摩托車，交通一到這裡就堵住，但是鎮上強調不能治理，因爲這樣顯得繁華。

在左邊，是一條老街，左小龍經常打撞球的地方就在那裡，那裡的房子都破落了，黃瑩也住在那邊，但是在高處反而不能看見她的太陽花，也聞不到她曖昧的香味。

往上走就是一條老河。那裡的江南巷道還不能通過汽車。本來這裡有很多的河流，把這個鎮子分割了開來，一夜之間說要破舊立新，河流們都被填上，蓋了新村和商店，但一夜之間又說要發展古鎮旅遊，又挖了幾條小河。挖開了以後說河水污染，不利於鎮上的交通，又給填上了，最近新任的領導們經過了細緻的調查和研究，得出一個重大的結論，那就是亭林鎮的發展一直不順利，是因爲亭林鎮的鎮區裡缺水，外圍的河流把亭林鎮圍住了，四周河流的水氣導致怨氣不散運氣不暢，解決的辦法還是在亭林鎮裡重新開一條穿過的河流，這樣風水就順了。

經過研究，亭林鎮之所以會出現全部官員都被電死事情，就是因爲這種圍城格局導致。怨氣每積蓄二十年，就要奪走多人性命，這次就一次性奪走了幾十人的性命。

往右邊，大片的老房子正在拆除，這裡要建設一個新鎮。就像看著大兒子不爭氣，只能再生一個。但問題是一個媽生的，基因也好不到哪去。新鎮的建設初具規模，政府定下的是英倫風格，但是按照現在的雛形來看，似乎是亂倫風格。

再遠處，視線能觸摸到的最後，就是一大片綠色，那就是雕塑園。但是離開得太遠，伸出手去，指尖都已經比整個雕塑園大，沒有任何的雕塑能在電信大樓上被看見，眼裡只有野蠻的綠色和周圍文明的現代工廠。

左小龍坐在平台的角上發呆，他突然想到，下樓以後要去找泥巴，既然泥巴能抱著他嚎啕大哭，沒有理由不能反過來。但是，他怎麼去找泥巴呢？左小龍突然想到自己都沒有泥巴任何的聯繫方式，只有最原始的在她家樓下擰油門。問題是現在一時沒油門可擰。唯一的辦法就是去問大帥借用一下摩托車了，雖然發動機聲音有差別，但至少能碰碰運氣，雖然宿主不一樣，但內燃機工作原理是一樣的。就好比你去寵物店大叫一聲寶寶，總會有叫寶寶的狗跟你跑。

如果泥巴下樓了，左小龍決定把自己的三一八計畫告訴泥巴，並且帶上泥巴走。左小龍想，她一定願意，哪怕眾叛親離，出動警力。

在雕塑園和亭林鎮的中間，紅色的樓是消防隊。肯定是哪裡又出了什麼狀況，一輛消防車從車庫裡開了出來，拉著警笛，向亭林鎮的方向駛來。消防車開得很著急，看來事情可能不小，左小龍一下提升了興致，從發呆中醒來，他要看看消防車究竟是開到什麼地方去。對他來說，燒了哪裡都成，只要別燒到泥巴家和黃瑩家就行了。

消防車繞到正前方的牌坊後面，穿過了擁堵的超市門口，繼續往前開。左小龍想，看來出事的就是不遠處。他站起身來，望向四周，視線中沒有任何地方在冒煙，就是感覺自己腳底下有點喧譁。

他低頭一看，嚇了一跳，電信大樓門前的街上聚集了幾千個群眾，黑壓壓都是人頭。大家都往上看著，指指點點。

左小龍想，莫非是飛碟懸在自己腦門上了。他抬頭一看，還是陰霾的天空。或者是樓下出什麼事了？左小龍又往前一步，想看看門口的究竟。

隨著左小龍的移動，人群一片譁然，聲浪快要掀倒左小龍。

一個大媽在下面大聲喊道：小伙子，有什麼想不通的，也別跳下來啊。

左小龍終於弄明白了，原來下面的人是要看跳樓的。

左小龍大喊道：誤會，誤會……

但下面已經亂成了一鍋粥，完全聽不到左小龍的話。

此時，消防車也已經到位，大喇叭裡喊道：你好，小伙子，我是亭林鎮消防支隊的隊長，小伙子，你不要想不通，什麼事情都好說啊。你有什麼難處，黨和政府一定會想辦法幫你解決的。

左小龍想，我的難處就是我沒想跳樓啊。

越來越多的人聞訊後往電信大樓的方向跑去，警戒線完全不起作用，很快被大家踩在腳下。電信大樓在鎮中心，它的四面都能站人，很快，正面的街上已經站不下人了，正值工廠下班，外地人也紛紛停下自行車駐足觀望。左小龍四下看了看，發現每條街道的行人都以自己為中心聚攏過來。

對面居民住宅的陽台上也站滿了人，有的人家索性把飯桌抬到了陽台上，邊吃飯邊看。

很快兩部警車到了。左小龍不知所措，對著樓下揮了揮手。

觀眾們一下神經緊張起來，紛紛說：他要跳了，他要跳了，他在和這個世界道別。

揮手完畢後，左小龍往後退了一步。

觀眾驚呼：有助跑！

左小龍轉身要下樓，一回頭，他發現有一個警員綁著繩索已經在他後面三米處，他們互相照面時都被對方驚著了，警員還保持著貓腰前行的姿勢。左小龍下意識後退了一步，下面的人炸開了，交流道：本來以為是自由跳或者是蛙跳，現在看，原來是仰跳。

警官立馬站了起來，神色緊張，連連擺手，道：別別別，小伙子，我是上來和你談談的。

左小龍問：談什麼？

警官往前走了一小步，道：你看，小伙子，你和我應該是差不多的歲數吧，你多大了？屬什麼的啊？

左小龍說：你別來勸我，我不需要別人勸。

警官一聽，覺得比較棘手，道：我不是來勸你的，我是來和你說說話，談談心。人都是需要朋友的嘛，咱們不打不相識。菸要不要？

說著，警官往前走了兩步，手往兜裡掏菸。

左小龍下意識又退了一步，道：你別過來。

突然間，左小龍意識到，這是電視劇看多了的條件反射。再往後退自己就眞的掉下去了，他不由得往前走了一步。

警官連忙把菸掏出來，先給自己點上一支壓壓驚，道：你怕什麼，我把菸丟給你，成不。

左小龍說：成。

警官飛過去一支菸，左小龍伸手去接，無奈幾十米高的露台上風大，菸在空中被吹得變向了，左小龍差點一個踉蹌掉下來。底下的觀眾看不到天台上發生什麼情況，只見空中掉下來一支菸，議論道：完了，已經開始往外扔身外之物了，發完菸以後該撒錢了。

一聽到要撒錢，等得有點不耐煩的群眾又精神了，繼續仰頭看天。

天台上的警官吸了幾口菸，說：風太大了，要不，我給你送過來。

左小龍道：不用了，我也不抽菸。

警官道：抽兩口唄，平時在單位裡不讓抽，今天我一上來就能隨便抽了，眞挺爽的。你叫什麼名字啊。

左小龍道：左小龍。

警官說：小左啊，你有什麼事情，覺得爲難，你告訴我，我們警察說不定就能幫到你，別尋死啊，你這一跳，你的父母，你的爹媽——哦，不好意思，父母就是爹媽——你的親人怎麼弄？沒解決的事情還是該解決啊。年輕人一時衝動很正常，我和你講個故事，我上學的時候啊，失戀了，談了四年的戀愛，女朋友跟別人跑了，她說啊，我人太好了，她就喜歡壞壞的那種男人，我他媽就把這話記住了，後來我就當了警察，我專門去抓壞人，再讓你壞壞的、壞壞的，狗娘養的。那時候啊，我那個難受啊，眞是萬念俱灰，覺得日子也沒什麼盼頭了，我還割過腕啊。但是沒弄死自己。現在想想眞是傻，我去年剛娶的老婆，漂亮，賢慧，懂事，現在還有孩子了，眞是爽死了。要不是要挽救你，我現在就在家裡吃飯呢。我也挽救不了你，你自己想明白了就好。你別不信，我給你看看我的左手手腕，我眞割過，給你看……

說罷，警員挽起自己左手的袖子，又往前走幾步。

左小龍說道：阿 Sir，你眞能說，但是你聽我說。

警員止步，道：你說說你的故事，我聽著。

左小龍搖搖頭，道：我是眞的不想跳啊。

警員首肯道：沒有人眞的想跳的，都是沒有辦法了，被逼上了絕路，我相信，但是天無絕人之路，我們一起來想辦法。

左小龍眼看越描越黑，道：其實是這樣的，我在這個屋頂上，我只是想看看這個亭林鎮，看看這個世界……

警員道：我理解，我理解你對亭林鎮的戀戀不捨，你還想看這個世界一眼，其實，這個世界是很美好的，只要你能找到，以後你就是我哥們，我把我的經驗分享給你。

左小龍著急道：我從來沒想過要自殺。

警員道：是啊，我以前也從來沒想過，但我眞那麼做了，只要你能和我下樓，過幾天，你就會覺得生活下去其實很有樂趣，實在不成你再來跳就行了，誰也不能攔著你去死，但我覺得，還不至於。

左小龍看還是沒說清楚，心裡越發著急，他生怕警官撲上來將自己擒住，然後道：小樣，編故事編死我了。左小龍有點進退兩難。

觀眾裡一個大媽又喊了一聲：娃啊，你替你爹媽想想啊。

因爲樓下太喧囂，這話沒傳到左小龍的耳朵裡。但旁邊的青年人聽著有點不樂意，有人喊道：跳下來，趕緊跳啊，咱們都看了一個小時了，脖子都瘦了，肚子都餓了，你玩我們呢。

周圍的年輕人們表示贊同，表示，如果不跳，那就是孬種了，這麼多人看著呢。

於是，口號漸漸形成了，不少人喊道：跳下來，跳下來，跳下來……

人群裡不少人對喊口號的刮目相看，上前去捂嘴，喊口號的道：神經病啊，我喊喊怎麼了。

有人急得跺腳，道：不能這麼喊啊，會出人命的。

喊口號的停口幾秒，道：他自己本身就不要人命了，關我們什麼事情？我想喊什麼就喊什麼，這是我的自由，這是我的人權。

人群裡開始發生爭鬥，警方焦頭爛額，只恨疏散不了。大喇叭喊道：樓上的年輕人請鎮定，無關人員離場，無關人員離場。

警方宣傳以後，口號聲一下子小了不少。但大家發現，警察就那麼十幾個，咱喊口號的有幾千人呢，有青年振臂疾呼道：喊起來！為了自由和人權！

喊起來！

底下有人響應道。

「跳下來」的呼聲重新響起，響徹亭林鎮。整個亭林鎮只有兩個時刻，人們發出過這樣整齊的聲音，另外一次也是三個字，就是波波印刷廠開業時候的「郭敬明」。

警車拉響了警笛，警察融進人群，但是人們絲毫沒有停下的意思，另外一半人都在旁邊指責喊口號的，但無奈他們不能形成一個口號，而且勸阻完全無效。警察的大喇叭撕心裂肺喊道：誰再喊就逮捕誰，誰再喊就逮捕誰……

這聲音除了在警車裡的司機，沒人能聽見了。「跳下來」的聲音經過幾千人的合唱，變得無比雄厚，男低音、男中音、男高音、女低音、女中音、女高音和童聲部，左小龍站在天台上，突然間有點暈乎，腳底下好大的一個合唱團啊。

左小龍看看自己的正下方，消防隊員已經充起了一個大氣墊。

方才在勸阻左小龍的警員跑到樓邊上，不斷向樓下的人揮手，叫道：別喊，別喊了，別喊了……

樓下推搡的人群裡開始議論起來：咦，怎麼又來一個跳樓的。

派出所所長找到了消防隊長，大聲喊道：我請你們用高壓水槍驅散人群，用高壓水槍驅散人群。

消防隊長貼著所長的耳朵嚷道：不行的，會傷人的，弄不好還會沖死人。

所長爬到消防車上，看著狂熱的人群，年輕人們在振臂高呼，有外地的，有本地的，還有學生，旁邊看著的姑娘們被人潮推來推去，人們都沒有經歷過這個場面，在擠來擠去的過程裡始終保持著好奇的笑容。有人不住地把狂熱者的手臂壓下來，指著他們的鼻子罵，但是很快被推開了，還有人伸出了兩個拳頭，邊笑邊喊，招呼著自己的朋友給自己拍下照片。但更多人還是很專心看著樓頂上，用盡全力一字一頓吶喊：跳下來。

一些沒有叫喊的人私底下議論著，大家這麼團結也是有原因的，現在社會，時間就是金錢，大家的生活節奏很快，大家都趕著去吃晚飯，下班回家，又很疲勞，雖然沒有收門票，但幕拉開了，戲遲遲不演也是不對的。雖然這戲沒有返場的機會，但只要演一回，就對豐富群眾的生活，開拓群眾的眼界有著重大的意義。

左小龍看著四周，都是群眾的呼聲。他站在最高點，更加爲難。如果他此時退場，以後他在這個地方，再也無臉見人，如果他跳下去，那就無命見人，眞是特別矛盾。此時的夕陽打著光，映照在樓下的每一張笑臉上，天邊最後一朵雲合上的時候，給太陽留了一道光束，這道光束正好射在左小龍的身上，他覺得自己就像舞台上開演唱會的明星，史上最大合唱團的指揮——雖然是被別人指揮著，像一個站在千軍萬馬說不清楚到底是敵軍還是友軍面前的一個英雄，但所有人都在期盼著他做一件事情，那就是跳下來。左小龍滿腦子盤旋的都是這個聲音，魔咒一樣迴蕩。

但左小龍絲毫不曾想過要告別這個世界，他正打算要看看這世界，怎能不看而別。所以，再迷離，左小龍還是清楚自己是不能跳死的。他看旁邊剛才正抽菸的警察，跪倒在天台邊上依然不斷對人揮手，也不知道他在做什麼，這些看上去都像慢放一般，樓下的每張臉也突然間好像能看清楚了，人家都充滿期盼地看著他，眼神複雜，最後面的人吃著零食，端著飯碗，時不時談笑風生，遠方還有警車開來，站在消防車車頂上的兩人——所長，所長左小龍認識，另外一個就是新面孔了，他們正對著電台大聲呼喊，看嘴型似乎是，這裡需要增援。雖然在電信的大樓下，但是這裡的手機網絡已經癱瘓了，人們都掏出電話在找信號，他們發現，信號是滿的但是打不出電話了。應該是太多人在用電話，招呼他們的朋友過來觀賞，還有人在……報警。人群裡沒有他熟悉的面孔，說明自己認識的人太少了。消防隊員們圍在氣墊的幾個角上，準備時刻挪換地方。突然間，他看見一個戴眼鏡的男青年，將自己手邊的汽水瓶子砸向電信大樓，更多人正準備掏出自己身邊不值錢能扔的東西，消防車上的所長抽出了手槍拉了膛，緩緩舉起正好鳴槍示警……

左小龍突然想到了，他站了起來，人群突然安靜了，每張臉都望向他。突然間，在寂靜裡，他聽到不知道哪裡傳出來一聲：哥們，開玩笑的。

左小龍對著樓下，喊道：我不開玩笑。

說罷，他對著人群鞠了一躬，面向剛才喊得最凶的方向，起身輕輕說道：你們這幫人啊……

左小龍從樓上跳了下來，人群情不自禁往後退了幾步。左小龍瞄準了氣墊的方向，不想在樓上蹬的那一腳發力發多了，他總是用力過猛，再加上這個高度，在空中他感覺自己要錯過氣墊了。左小龍不禁叫道……喂，喂喂……

咚一聲悶響，人群裡沒人再出聲。警察們連忙跑過去，拔出槍，圍起警戒帶，在一旁等候的護士和醫生們抬著擔架衝上前去。人們自動讓出了一條道，人們的狂熱情緒一下熄滅，不少人偷偷從旁邊溜走。無數的腦袋湊向左小龍，要看個究竟。

左小龍迷迷糊糊裡只看見屋頂上和自己聊天的警員的腦袋。左小龍也不知道自己到底是掉在地上還是掉在氣墊上，反正此刻他覺得世界好矮，但胸口很悶，能呼吸上來，但不知道還能呼吸幾口，每口呼吸都需要用點力氣，而且嘴巴裡黏糊糊的，然後他就什麼都不知道了。

左小龍落到了墊子的邊緣又彈到了地上，腦出血，肋骨骨折。而且因爲在空中發聲，落地的時候把自己的舌頭給咬斷了，再不能把話說清楚。他醒來第一件事情就是叫醫生，但他只能說：哇哇。然後他問空氣，怎麼回事，但他只能聽見：哇哇。

醫生說：你的舌頭被你自己咬掉了，你要重新學說人話。

左小龍記得自己最後說的一句人話是：你們這幫人啊……

你們這幫人啊……

從醫院跑出來，左小龍覺得自己走路稍微有點不平衡，但沒有摩托車可以再讓他開。他忘記自己昏迷了幾天。但他想起自己的摩托車還被暫扣在別處，至於是哪處，他就不記得了，他記憶裡有些東西被抽空了。但這樣的抽空是最痛苦的，索性讓左小龍不記得摩托車被扣這件事才是最人道的。

街道上神色各異的人已經沒有人記得左小龍這位跳樓英雄，但是他明顯感覺街上的人少了很多，很多人戴著墨鏡，行動緩慢，需要攙扶。

左小龍不願意去找泥巴。在他昏迷的時間裡，他作了一個長夢，夢裡的內容就是他開著摩托車，泥巴在背後抱著他，頭靠在他肩膀上，他們在無邊無際的迷霧裡穿行。但是左小龍有點搞不清楚，在現實生活裡是否眞的有這麼一個姑娘，他自己都有些迷糊。

他先找到了劉必芒。

劉必芒守在他的家裡，反覆聽著鄧麗君的歌。生活全靠他老婆教說本地話維持。他和劉必芒見到，兩人什麼都做不了，一個不能看一個不能說，一切宛如初見，只能當誰都沒見過誰。劉必芒不知道左小龍來過，左小龍離開時，正放到〈在水一方〉，劉必芒張嘴跟著唱和道：

我願逆流而上／依偎在她身旁／無奈前有險灘／道路又遠又長
我願順流而下／找尋她的方向／無奈前有險灘／道路曲折無已

左小龍回到了雕塑園，秋風吹過，他突然覺得寒冷。雕塑園裡的植物和他離開的時候已經是完全不同的模樣，植物的頂端處長了絨毛，飛絮在空氣裡飛舞。雕塑園門口聚集著幾台推土機和挖掘機，一群帶對講機的人正在指手畫腳。他飛奔進園裡，大帥沒有在那裡。但左小龍發現他的摩托車鎖在他偷回來的郵筒旁邊，摩托車上都是灰塵，郵筒已經被人修好。左小龍撬開郵筒，裡面有兩封信。

第一封信是黃瑩的，信上寫道：

你好，我離開這裡，去上海了。我的男人出事了，他出版了他的作者的一本小說，小說裡寫了一些不該寫的東西。但這本書出事了。他被帶走一個星期了，我不知道他什麼時候能夠出來，我決定去打聽他的消息。等他出來，我們就住在一起了，可能他明天就能出來，可能他十年以後才能出來，這都不要緊的，我老的時候他也在老，但他在一個最讓女人放心的地方待著。無論多久我都會等著他。也許我不會回到這裡。也許這信就像他給別人出版的那本小說，是不應該寫的。我只是告訴你一聲。

第二封信是泥巴寫的，信紙上偌大的比卡丘圖案瞪著眼睛看著左小龍：

我離開這裡了。我們在一起的時間裡，你從來沒有問過我的身世。現在我告訴你，我的父親，是這裡上一任的書記，他死了。我不願意和他一個姓，所以我跟了我媽媽姓。他死後，審計出一些問題，我們的帳號全部被封了。我和媽媽的生活很艱難，媽媽決定離開這裡回到她的家鄉。我很傷心，媽媽趁我不在的時候把我們的龍貓賣給了外國人，這筆錢是我們母女唯一的錢，但這是你送給我唯一的禮物，我哭了很久。

從來都是我跟你走的。我一直不知道你在哪裡遊蕩，爲什麼不來找我。但是後來，我就一直能找到你了，因爲你躺在醫院裡不能動了。我每天都來看你。

醫生說你會醒的，我就離開了。

其實，在和你之前我有一個男朋友，你認識他，你的摩托車就是在他那裡修的，我們在他的店門口靠了一夜。因爲他，我才喜歡摩托車。不過我們早就分手了，我今天只是想把我說給你聽，你從來都不問的。

我們的摩托車我幫你贖回來了。你看見它的時候應該已經落滿了灰。我想，你可以開著它，來找我。

左小龍發動摩托車，天色將黑。他看了信上的日期，已經是一個多月以前，而那個日期，與他踏上三一八國道那天相隔兩個月。摩托車的燈光在雕塑園裡劃出唯一的光明，遠處的機器正在賣力地將自由女神像砸碎，幾輛重型卡車在一旁等候著陸續將雕塑的殘骸運出去。這裡終於也要變成工廠了。左小龍跨上摩托車，往雕塑園外飛馳而去，各種重型推土機正在往雕塑園的深處緩緩開進，路邊時不時竄出野兔子，在左小龍的車燈前掠過。

左小龍決定，環遊亭林鎮一圈，然後道別。雖然只穿一件襯衫，但左小龍積蓄了太多時間的能量，他不覺得寒冷。亭林鎮不再像以往那麼熱鬧。

所有食用過變異大動物的人，在三個月後，全都失明了。

左小龍經過亭林鎮溜冰場，裡面傳來整齊的歌聲，亭林鎮上迎接新年的歌唱大賽又要開始了，亭林鎮合唱團在那裡訓練，左小龍將摩托車停在鐵門口，進去看了一眼。合唱團的規模只有上屆的一半，他們正在唱著〈亭林頌〉，背對著左小龍在指揮的人身形似曾相識。左小龍繞到旁邊偷看一眼，是大帥。他做得有模有樣。左小龍笑笑想，也對，爲什麼非得去創建一個樂隊來指揮，而不是去一個創建好的樂隊當指揮呢。

左小龍對亭林鎮沒有了任何留戀，他穿過工業區，突然發現那裡新增添了一個大屏幕，幾個工人正在那裡看亭林鎮的宣傳片。屏幕在黑夜裡格外耀眼，它的功能只有一個，不斷地播放亭林鎮的宣傳片。突然間，左小龍看見了自己。在一個航拍工業區的鏡頭裡，一個人開著摩托車不斷地搖晃。

旁邊的工人說，這個騎著摩托車晃來晃去的人出現在這個鏡頭裡眞不和諧，電視台應該把他用特技修掉。

天色已經完全黑了。左小龍去往泥巴留下的地址。前路不知道有多漫長曲折，但只要摩托車有燈光，就無所畏懼。穿過工業區，路燈映照下橘色的霧氣又包裹住了大地。左小龍加快了速度。突然間，後面有一個光點，逐漸追近。

左小龍想，不能吧，我是在霧裡開摩托車最快的，難道還能有人更加不要命。左小龍又加快了速度，他覺得霧氣都被他騎過時候的風吹成了露水，掉落大地。但是光芒越追越近，左小龍的額頭滲出了汗水。

左小龍心想，媽的，老子一定要甩了你。

前方的能見度已經接近了零，左小龍索性閉上眼睛，油門到底，心裡默數了十秒，這十秒裡，他無比平靜。他覺得世界上沒有任何人可以再追上他。

等他睜開眼睛，那燈光已經在他的身後了。

左小龍感嘆道，這個人啊……

他慢慢停下車，後面的燈光也在後面慢了下來。

左小龍的手扶著摩托車，此時的霧太大了，如果多走幾步，甚至都找不到自己的摩托車在哪裡。但是他想去拜會一下在後面跟他飆車的朋友。他是在霧裡開盲車唯一能追上左小龍的人。

左小龍心想，不是人啊。

忽然間，燈光熄滅了。等光芒再亮起的時候，已經在左小龍的身旁了。這是亭林鎮剩下的最後的一個變異的大動物。

螢火蟲忽然升起，圍繞著左小龍轉了幾圈，落到了摩托車的尾燈上。左小龍把螢火蟲捧了起來，用氣聲對它說：你跟我走，去找到泥巴，我幫你把龍貓找回來。

螢火蟲的光芒熄滅又亮起。左小龍伏在它的光芒邊上，輕輕說：

你能發光，你應該飛在我的前面。

文學叢書 268
INK PUBLISHING
他的國

作　　者　韓　寒
總 編 輯　初安民
責任編輯　施淑清
美術編輯　林麗華
校　　對　施淑清

發 行 人　張書銘
出　　版　INK印刻文學生活雜誌出版有限公司
新北市中和區中正路800號13樓之3
電話：02-22281626
傳眞：02-22281598
e-mail：ink.book@msa.hinet.net
網　　址　舒讀網http：// www.sudu.cc

法律顧問　漢廷法律事務所
劉大正律師
總 代 理　成陽出版股份有限公司
電話：03-3589000（代表號）
傳眞：03-3556521
郵政劃撥　19000691 成陽出版股份有限公司
印　　刷　海王印刷事業股份有限公司

出版日期　2010年8月 初版
2012年3月 二版
ISBN　978-986-6135-80-4

定　價　260元

Published by INK Literary Monthly Publishing Co., Ltd.

Printed in Taiwan

國家圖書館出版品預行編目資料

他的國／韓寒 著；
--二版, --新北市：INK印刻文學，
2012.03　面；　公分.（文學叢書；268）
ISBN　978-986-6135-80-4（平裝）
857.7　　101002238